七斗七
かずのこ
Kadokawa Fantastic Novels
身
我
因為忘記關台而成了傳說[5]
U0082603

彩頁、內文插畫／塩かずのこ

迄今為止的前情提要

觀看次數：99,999,999次・2022/05/20

小咻瓦剪輯頻道

10萬 位訂閱者

已訂閱

有奧客屬性的糟糕編輯　※純屬虛構

本次要介紹的，是七斗七老師的——

身為VTuber的我因為忘記關台而成了傳說　第四集。

嗚嘻嘻～～～～～～！

我讀著原稿，結果看到聖擺出一副高深莫測的態度，

身為**搞笑角色就應該維持搞笑角色立場派閥代表**的我立刻氣到發了郵件。

而作者也隨即展露誠意，**讓像劇橋段塞滿了各種哏**。

在端出「老子可是有那個**權力隨時讓這部作品斷尾喔**」的架子之後，

我要繼續讀下去啦～～～～！接下來是去有素家借宿的橋段……

喂喂～！

明明是把哏塞到爆的高濃度喜劇，

怎麼突然放入淡雪露出**耐人尋味表情**的插畫啊？憤怒不已的我，

直接打**電話突擊**作者，**威脅**他要**把原稿全刪**了～！

而作者在解釋來龍去脈後，也**展露誠意**寫下了**劣質遊戲、魔獵和單人直播**的橋段。

接下來的部分，是**存在感十足的聖大人恢復收益計畫**……

我翻～！宰了你喔～！

原本充滿貼貼氛圍的情節，居然上演了我最推崇的**詩音媽咪被聖搶走**的橋段！

像我這種好脾氣的編輯，終於也忍不住衝進作者的住處啦～！

順帶一提，作者下跪道歉的模樣可以前往Fantasia文庫官方網站觀賞。

序章

「我想和大家開一場合宿會！」

小光嘹亮快活的嗓音在我的耳邊迴盪。

聖大人的收益問題不僅奇蹟似的獲得解決，還迎來了和詩音前輩成雙作對的結局，甚至讓我不禁苦笑著冒出「要是我也順利解決一次收益問題，是不是同樣能交到女友呢？」這樣的想法。而在事情結束後沒多久，我們又得面臨新的活動了。

目前所有三期生都加入了通話聊天室，談論著某個話題。這是非直播的私下聯繫。談論的主題是「三期生的出道一週年紀念日究竟要辦什麼活動」。

沒錯，我們日復一日地度過不知無聊為何物的時光，結果距離出道日居然即將屆滿一年了。於是我們打算在週年紀念日辦些特別的活動。

正當我、真白白和小恰咪尚在抱頭苦思之際，一馬當先的果然是身為陽角（但不見得有常識）的小光。

「小真白和小淡雪之前做過借宿直播對吧？光那時候可是非常羡慕呢！要是四個人齊聚一堂開個合宿直播，應該會超級開心的吧？」

所有人都附和了這樣的提議。

「合宿會挺好的呀，咱也想久違地和大家實地見個面呢。」

「呵、呵、呵！好幾個人一起合宿——一旦順利落幕，我也能躋身陽角之林了！雖說和人面對面會讓我很緊張，但如果是同期生的大家，應該還不成問題吧。」

「我也贊成！這麼說起來，我們三期生確實沒有當面聚在一起開直播過，觀眾們想必也會很開心的！」

「哦，大家的反應都挺好的嘛？那麼那麼！趁著難得齊聚一堂，要不要試試直播二十四小時？大概在近午時分直接開始直播，直到睡覺之前都不能停喔！」

「小光，妳只是想做長時間直播而已吧……？」

忍不住吐槽的我雖然引起眾人歡笑，卻也沒人對此提出反對意見。

倒不如說，隨著直播時間變長，能塞入更多小型企畫，因此大家也紛紛提出剛剛想到但沒說出口的點子，使對話更添趣味。

「要不要玩點遊戲呢？我會帶ASMR的麥克風過來，不如就讓輸家講些害臊的台詞作為懲罰吧？」

「遊戲！好耶好耶！光不會輸的！」

「雖然怎麼看都是小恰咪企圖滿足自己的私慾……但倒也無所謂啦。咱也來畫張合宿插畫作為開台封面圖吧。」

「啊，那到了吃飯時間，就以我和小恰咪為中心開個烹飪直播吧！」

企畫的內容逐漸充實了起來。最後，我們正式敲定以合宿直播作為一週年紀念日的活動內容。

「還有，如果能開個迷你演唱會也不錯呢。我想和大家一起唱歌！」

「既然如此，合宿會的地點不如就辦在光的家吧？我一個人住，而且家裡設有隔音室，所以要唱歌也不成問題喲！」

「真不錯，那就麻煩小光嘍。」

「愈來愈期待了呢。」

如此這般，連執行企畫的地點都決定了。總之，今天談論的主題確實有了成果。

大家似乎都放下心來，逐漸進入放鬆的悠閒模式。這都得歸功於大膽無畏地提出好點子的小光。

「要不要帶些東西過去呢？我會帶麥克風上門就是了。」

「我也帶點強○過去吧～」

「呵呵，不只是小淡，咱也想讓小咻瓦亮個相呢。大家一起來喝酒吧。」

「開酒宴啦！欸嘿嘿，光一直很希望和大家辦一場合宿會呢！我身為提案人也得努力準備，好讓大家玩得開心！」

好孩子……小光真的是個好孩子啊……

我們自從出道後就一路切磋至今。這要是能成為慶祝成長、加深彼此羈絆的美妙紀念日，那就再好不過了。

在那之後，我們輕鬆地閒聊了一陣子，隨即結束通話。畢竟距離一週年還有段日子，而我接下來將面臨前所未有的大規模合作活動。在為合宿會做準備的同時，還是得盡快平復心情，努力專注在平時的活動上才行呢。

第一章

Live-ON全明星合作．密室狼人

「全明星」。

任誰聽到這樣的詞彙，都會忍不住心生雀躍吧？

光是看到心儀的對象們攜手合作就會開心不已了，倘若不只是一對一，而是多人同時參加的大規模活動，情緒肯定會激動得宛如置身夢境才對。

然而儘管全明星是眾所期盼的要素，但只要稍加思考，就能明白要是想付諸實行，便必須跨越極高的門檻。

不僅得統籌所有人的日程表，還要顧及企畫內容的合宜性、平穩不出錯的流程、一視同仁的待遇、調適所有人的個性等堆積如山的問題。而前來參加的人數愈多，解決這些問題的難度也會隨之攀升。

想擺平這些問題，就需要能滿足這些條件的「舞台」。

若將小咻瓦也列入其中，目前Live-ON的成員總數是十一加一人，況且這些人還是滿腦子全明星的狀態。

想找到能與之契合的舞台著實不簡單……我以前也曾經如此認為。

但這其實只需要靠一台電腦就能解決了。好啦各位，讓我們一起大喊——

科學的力量好厲害——（註：典出電玩遊戲「精靈寶可夢」系列的NPC台詞。幾乎每部作品都會出現）！

「美夢成真！Live-ON成員全員參加的全明星企畫！『密室狼人』就此開幕——！」

在詩音媽咪宣布活動開始的同時，包含我在內的十一人同時發出歡呼。

「這次擔任主持人的依然是大家的媽咪——本人神成詩音！接下來就從一期生依序自我介紹吧！」

作為全員都有確實到場的證明，一期生的晴前輩和二、三期生接連做起自我介紹。

「噗咻！我是因為對這次企畫太過亢奮，請來了強〇全明星調在一起鍊成嗨爆口味的強〇嗑了個爽的小咻瓦的啦——！順帶一提，雖然接下來幾天得把那些沒氣的強〇喝個精光，但我一點也不在乎！」

「哦！順帶一問，是怎樣的味道呢？」

「有種知其不可而為的悖德感呢。」

「……所以是好喝還是不好喝？」

「身為零之探求者，本人為能順利練成嗨爆口味一事感到無上滿足。」

「不，那個……我想問的是更加具體的味道。」

「這就別問了。」

「好的。」

如此這般，在詩音媽咪的協助下，我的自我介紹也順利結束，以流暢的節奏輪到四期生登場。最後在小還做完自我介紹後，便正式湊齊了十一人。

：居然真的湊齊所有人啦。

：神。

：這還是我出自娘胎以來頭一次同時感受到感動和難以言喻的不安。

：就像刃牙裡登場的角色全都是範馬〇次郎的感覺。

：原以為是復〇者聯盟，原來是婦愁者聯盟啊。

：總覺得只有這裡的休謨值（註：SCP基金會用語，只要高於1便代表現實發生了變動）**特別高。**

：感謝狼人。

：感覺會來一場所有人都是狼人的狼人殺。

：笑死。

：小淡沒來嗎……？

：畢竟今天沒降下淡雪呀，這也是沒辦法的事呢。

：要找小淡的話，她正睡在我旁邊喔。

：辛苦您照料宿醉的她。

：小咻瓦為什麼要製作高等恢復劑（註：電玩遊戲「Final Fantasy」系列的恢復藥。不過2007年有網友在影音網站「niconico動畫」上傳了一支混入各種營養劑調製而成的「高等恢復劑」影片，因而成為這類調製飲品的代名詞之一）**啊？**

：看來會有人提出小咻瓦其實是某外觀似馬的犬隻（註：指「高等恢復劑」影片的上傳者「馬犬」）**之說。**

：我一直等待那位大大以賽〇娘的身分登場。

：是指愛麗速子（註：手機遊戲「賽馬娘 Pretty Derby」登場角色之一，作研究人員打扮）**嗎？**

：首次合作的組合多不勝數，我好興奮呀！

：這種心情和即將進行高空彈跳的感覺很像呢。

「我希望這次能玩久一點，所以馬上就要進入解說企畫的環節嘍！」

沒關注噱天喊地的聊天室太久，詩音媽咪很快就說明起這次的活動內容。

一如先前所述，這次是透過名為「密室狼人」的遊戲進行的合作活動。

首先呢，所謂的狼人殺是一種派對遊戲，參加的玩家之中有數人必須扮演狼人的角色，攻擊其他身為人類的玩家。而人類方則得透過推理鎖定狼人的身分。實際上有玩過的人想必所在多有吧。

今天大家參與的密室狼人，是基於狼人殺的規則製作的一款電腦遊戲。

至於遊戲背景嘛——

此次的設定是參加這場遊戲的我們這十一人原本過著平常的生活，卻突然被人擄走，回過神來後，發現自己被關進帶有科幻風格的冰冷設施之中（註：典出遊戲「Among Us」，俗稱「太空狼人殺」）。

根據廣播內容，若想逃出設施，便只能一一解決設置在各個房間的迷你遊戲。每克服一個迷你遊戲，就能增加少許的逃脫量表。而當量表集滿之後，才能逃出這座設施。

由於沒有其他手段，「玩家」們只得照辦，然而其中卻混進了遊戲主辦方創造出來的「狼人」……

大概就是這種感覺。

基本上，這是一款採俯瞰視角的懷舊2D美術風格遊戲。而這款遊戲最大的優點在於設計得淺顯易懂。

玩家們基本上沒有攻擊手段，只能四處移動，以解開各個房間的迷你遊戲，逃出設施為目的。

狼人則擁有能瞬間殺害近處玩家的攻擊手段，並受到主辦方種種支援，以讓玩家們全軍覆沒為目的。

遊戲將雙方不得不採取的行動整理得精簡扼要。不僅如此，由於過程中穿插著「討論」的設計，也保留了原版狼人殺的對談之樂。

「以上就是大致的說明嘍。老實說，我覺得觀看實際操作會比較好懂，所以馬上就開始第一戰吧！」

誠如詩音媽咪所言，百聞不如一見。

在活動開始之前，我們姑且有做過一次測試，照理說不會捅出太嚴重的婁子才對。我也打算依循當時遊玩的感覺進行遊戲。

「啊，有一點要注意——因為都是自己人，況且大家都是菜鳥，遊玩門檻設定得非常寬鬆！不僅限這次的直播，各位就算看到有人犯了錯，也絕對不要在聊天室裡口出惡言喔！那麼第一戰就此開打！」

隨著詩音媽咪一聲號令，原本映在畫面上的休息室也隨之切換。想當然耳，我們是不能偷看聊天室的。

好啦，這可是全員首次一起參加的超大型合作活動，就讓我好好享受吧！

「呃，我是哪個陣營的呢——」

首先，在遊戲開始之際，十一名玩家裡會隨機選出兩人作為狼人，此時便已明確地分出逃跑方和襲擊方的立場。

我是——玩家陣營呢。目標是逃離狼人魔掌，或是揪出實為狼人的玩家，透過俗稱「吊死」的手段將其殲滅。

暫時將聊天室切換成靜音模式，等到之後的討論環節再來享受和大家聊天的樂趣吧。

「好咧！就讓人稱令和的名偵探江戶道爾川夏洛克亂步摩斯0世柯南的我，大展推理功力吧！」

總算可以操縱角色，與死亡比鄰的遊戲也終於要正式展開了。

一如詩音媽咪的說明，我們首先要前往各個房間完成迷你遊戲，藉此累積逃脫量表。但該從哪個房間著手才好呢——

這款遊戲的地圖簡單來說……

就是像這樣呈現正方形。有編號的格子代表房間，直線則是連結房間的走道，各個房間和走道的形態都有所變化，使呈現的風格不致過於單調。此外，各處還能零星看見沒有附上編號的小房間。

而有附上編號的大型房間稱為「管理區」，在遊戲開始時，所以人都是從中央的五號管理區

密室狼人簡易地圖

簡易規則

●分為玩家陣營和狼人陣營
（這次為十一人之中有兩名狼人）。
●玩家沒有攻擊手段。
●狼人能殺掉近處的玩家。
●狼人擁有各種妨礙玩家的手段。

●玩家勝利條件：
・完成各管理區的簡單迷你遊戲or
・透過「討論」找出所有的狼人並將之擊敗。
●狼人勝利條件：
・讓玩家人數減至與狼人相同數量。

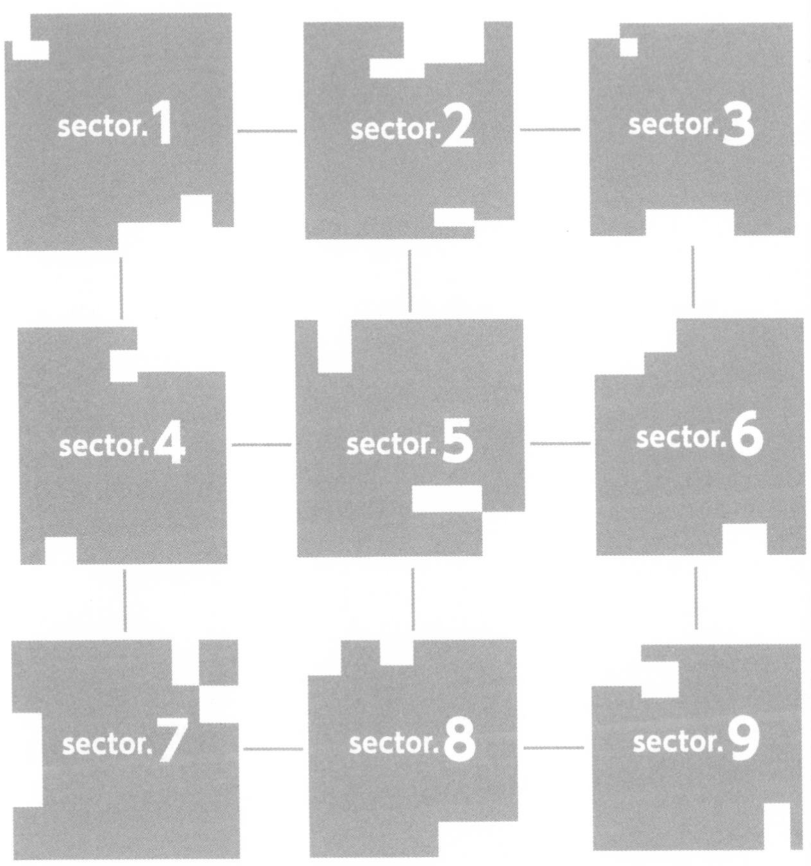

房間移動。

開始行動的。若要累積逃脫量表，就得前往五號以外的管理區挑戰迷你遊戲，因此全員都得往各

統整我這個菜鳥的遊玩體驗來看，基本上愈是選擇單獨行動，就愈容易被狼人盯上。狼人雖然能立即殺死玩家，但開殺並非毫無限制，必須間隔三十秒的冷卻時間，所以若是在群體行動中殺人，就會立即暴露身分。

為此，和其他人一同行動更能讓人安心。不過若是同進同出的人數太多，畫面又會令人眼花撩亂，衍生出看不清楚誰殺了誰等問題，所以保持適度的人數是很重要的。

大家都就地捉對，朝著各處散去了。至於我呢……好，就跟著小光往一號管理區移動吧。哦，小有素也跟在後面，我們成了三人行呢。

：咦？妳在說什麼？

：好像混了各式各樣的人名進去呢。

：無論是什麼時代，都不會有這種名字亂七八糟的人物存在，就算到了令和也不例外。

：小咻瓦啊，如果是第一代就該自稱一世啦。

：感覺根本沒人想繼承這個名號，所以其實不用加吧？

：我還是頭一次看到有人在「〇世」後面繼續加名字的w

：這種想到什麼就加什麼的風格真是傻得可愛笑死。

：說起來，在她是喝酒參加的當下，大家就該有心理準備了吧……？

：以為是自我介紹，結果是赤裸介紹啊。

「不管小有素是玩家還是狼人，感覺都會追著我的屁股跑，瞬間讓人覺得有點害怕。不過小光也在，應該不會有事吧！」

由於順利抵達了一號管理區，大家隨即挑戰起迷你遊戲。

「我記得這裡是要這樣，咻咻地完成它——」

每一種迷你遊戲都相當簡單，僅需花費數秒即能完成。角色邁著短腿跑動的模樣無比可愛，因此現況可說是萬分溫馨。不過——

「停電了……」

設施的電源突然遭到切斷，導致視野變得極為狹隘。這是提供給狼人陣營使用的妨礙手段。狼人陣營和遊戲的主辦方沆瀣一氣，只要知會主辦方，就能在其支援下進行妨礙。

妨礙手段依序是：

1．一如眼下狀況，引發長達三十秒的「停電」。雖然玩家的視野會變得極為狹隘，但狼人陣營仍能看得一清二楚。

2．若無法在三十秒內前往特定管理區完成迷你遊戲，整座設施就會施放只對玩家有害的毒氣，並就此結束遊戲的「強制迷你遊戲」。

3．第一、三、七、九管理區設置了「傳送機」，狼人陣營可在這四區之間瞬間移動。

4．讓管理區「鎖上房門」。這個能力的有效時間一樣是三十秒，主要是在堵住玩家的逃亡路徑或限制移動區域時使用。

一共有這四種。每一種妨礙只要使用，就得間隔三十秒鐘的冷卻時間。而兩名狼人必須共用這段空窗期。

狼人陣營得巧妙地利用這些手段，孤立那些抱團行動的玩家，並在不暴露的情況下殺死他們。

我在停電期間亂竄了好一會兒後，電源隨即恢復正常。看來這恐怕代表……

「哦，出現了呢！」

畫面上蹦出了讓人看得心驚肉跳的大紅色「緊急討論」文字。這是有人在發現屍體的當下即刻通報所跳出來的訊息，表示對方按下了通報按鈕。

原始狀態的地圖並未設置屍體，這代表某人遭到殺害。

遊戲暫時停止了操作角色的功能，畫面強行切換至討論環節專用的模式——上頭顯示著所有參加者的名字。若要開啟討論環節，只能透過剛才提到的通報行為，或是按下僅設置於五號管理區的召集按鈕。

好啦，在這張畫面裡，死去的參加者姓名下方會標示「死亡」，所以一眼就能辨識。第一個受害者是——

【朝霧晴・死亡】

「喂喂喂喂喂喂喂喂喂喂！？」

高聲驚呼的同時，我連忙解除靜音鈕加入通話。對於出人意表的首名死者，大家也紛紛發出鬼哭狼嚎般的慘叫。

接下來便是討論環節，限制時間為兩分鐘。眾人必須從參加者當中找出最有可能是狼人的成員，並進行「投票」。在討論結束之際，一旦收到最多的票數，無論其真實身分是玩家或狼人，都會被吊死而退場。

此外，在不確定誰是狼人的情況下，也可以跳過投票環節。若選擇跳過的人數過半，就不會有人被吊死。

好啦，來享受狼人殺遊戲的精髓——也就是各抒己見的環節吧。

「居然殺了晴前輩……即使是詩音媽咪我也難以容忍！」

「倘若沒有晴前輩，無論是淡雪閣下抑或Live-ON都不會誕生是也！犯人理應處以極刑是也！」

「喵喵！扮演狼人的傢伙，妳肯定不明白自己之所以能出現在這裡，都是託了晴前輩的福吧！快點給我現出原形！要是快快自首，還可以原諒妳喔！」

大家的恩人被殺的衝擊，形成了此起彼落的怒吼聲浪。

「……妳們為什麼會想用口頭威脅來解決啊？這可是狼人殺喔？」

……常保冷靜的真白白一這麼吐槽，包含我在內的眾人才總算收斂情緒。

糟糕糟糕，這可是著重對話的遊戲，情緒失控只會有利於狼人陣營，我非得冷靜下來不可。

……對啦！不如說點冷笑話來緩和場子的氣氛吧！

「這麼說來，對狼人陣營而言，這不是**狼人殺**而是**忙人殺**嘍？」

『…………………』

那個………

我是打算讓場子冷靜下來啦…………

但我沒打算讓氣氛瞬間凝結呀…………

「嗯嗯？抱歉，小咻瓦！光沒聽清楚耶！妳剛才說了什麼媒人？和結婚有關嗎？我需要詳細說明！」

「住手啊小光！別在我的傷口上撒鹽了！」

「媽咪，請別擔心，不管發生什麼事，您都是還的超媽咪喔。」

「嗯，我對這方面一點也不擔心就是了，倒不如說我還想趁這個機會改變情勢呢。」

「啊哈哈哈哈哈哈！淡雪閣下不管講什麼都好有趣是也！」

「我雖然沒有講這話的立場，但妳的笑點也太低了吧！妳這種全身都是弱點的特性難道是野〇王（註：典出電玩遊戲「魔物獵人」系列的魔物「野豬王」）不成！」

「嗚咻咻咻咻咻咻！淡雪妳可真有趣的餿！」

「喂！剛剛那是誰在說話！這裡照理說只有Live-ON的成員在，卻有個語氣很陌生的傢伙喔！」

「是我是我，是聖大人喔。」

「妳誰啊？」

「嗚咻咻咻咻咻！我乃聖大人的餿！」

「啊，原來是聖大人啊。您還真是笑得一如往常地怪，感覺很噁心呢。」

「淡雪，妳這話是不是有點怪怪的？」

呼……不知為何突然猛烈地吐槽了一番……不對，這不是我的錯吧。

「呃，那、那來確認大家的所在地吧！首先，是誰發現屍體的？」

重整態勢的詩音媽咪開始主持流程。看來遊戲似乎能進行下去，真是太好了……

「喵喵！是貓魔喔！她是死在地圖下方的八號管理區喔！」

八號管理區啊……如此一來，在開場時朝著下方地圖走的參加者們，就有很高的機率是狼人了。

「ＯＫ。那剛剛有誰往下面走？」

詩音媽咪也得出相同結論，開始抽絲剝繭。

經過確認後，目前被列為嫌疑人的是真白白、小愛萊、小還，以及在現場通報的貓魔前輩等四人。

既然得到了位於地圖下半部的目擊證詞，對這些成員多加提防似乎才是上策。以常理研判，應該就是某人趁著停電動手的吧。

「先等一下的喲～」

就在我打算列出暫定的警戒清單時，狼人候補之一——小愛萊發話了：

「就時間而言，無論是趁著停電期間往上移動，還是透過瞬間移動前往上半部，都是完全來得及的喲！朝上半部移動的各位也該回報自己的行動才對的喲～！」

……唔，這麼說也有道理。真不愧是語氣溫吞卻字字珠璣的小愛萊，相當冷靜。而一旦有人同時被目擊到在地圖的上下兩側出現過，自然就會成為優先警戒的對象。

沒人對小愛萊的意見提出異議，於是從詩音媽咪開始回報。

「我和聖一起前往三號管理區嘍！欸嘿嘿，我不知不覺就想貼上去了呢。」

聖
淡雪

「真巧啊，聖大人也很想和詩音一起行動耶。」

「咦，是這樣嗎？欸嘿嘿，我們果然心有靈犀呢！」

「那還用說？妳可是我的心頭肉呀。」

「「欸嘿嘿嘿嘿嘿嘿～」」

啊——……吊死她們吧。

「大家聽我說，我已經做出了無懈可擊的推理。這兩個傢伙有女友，所以是狼人。」

「喵喵！真不愧是小咻瓦！居然做出了連貓魔都挑不出毛病的完美推理！」

「小咻瓦前輩，您的推理很棒的喲～！有女友的人總是會被稱為大色狼，所以還是把這兩人先吊死比較好的喲～」

「大、大家別這樣！不要投票啦！我對公開親熱一事道歉！但我絕對不是狼人！是大家的媽咪啦！」

「喂喂～吃醋可是很難看的喔～」

二期生的嗚咻田餿男同學雖然好像說了些什麼，但就算回嘴也只會吃一肚子悶虧，因此先別理會吧。

「呃——接下來輪到光了吧！光、小咻瓦和小有素前往了一號管理區喔！」

「嗯嗯，在電力恢復之後，我們三個也一直待在一起。」

「為了守護淡雪閣下，我警戒著她的背後是也！」

由於我們始終待在一起，其中有狼人的機率應該相當低才對……

「嘻嘻，由光打頭陣與大家和樂融融地前進，感覺好開心喔！呃，是什麼來著？感覺和運動會的那個很像呢！呃，蜈蚣……蜈蚣……對啦！連體蜈蚣！」

『連體蜈蚣？』

小光衝擊性的話語再次令全場譁然！

「嗯？大家怎麼了？」

「光、光啊，妳們三個居然玩起了連體蜈蚣嗎？」

「對啊，聖大人！光、小咻瓦和小有素三人感情融洽地連在一起走路呢！」

「感情再怎麼好也該有個限度吧？」

「咦？是這樣嗎？學校的運動會應該常有連體蜈蚣的比賽項目吧？」

「唔嗯，光以前就讀的學校極有可能存在著擁有催眠能力者呢。有沒有哪個同學的瀏海留得特別長，甚至把眼睛給遮住的？」

「呵、呵、呵，聖大人真有一套，居然發現了光連催眠術都能操縱自如呢！」

「光……原來妳的真面目是濫用催眠能力，在運動會上舉辦連體蜈蚣比賽的超級人渣啊。請收我為徒。」

「我下次也會對聖大人小露一手喔！」

「糟糕了，因為揭露了心底慾望，結果演變成敵對立場。該準備流亡海外了，得去弄個低音提琴箱才行。」

「光可是很厲害的喔！班上所有同學都被光的撲克牌魔術唬得一愣一愣呢！」

「……我說各位，妳們認為這是會錯意的聖大人不對嗎？」

或許是知道即使問小光也問不出個所以然吧，詩音媽咪隨即質問起我和小有素。

「兩位呢？有什麼想說的話嗎？」

「只要能和淡雪閣下合而為一，我就算要玩連體蜈蚣也無所謂是也。」

「小有素，妳只在和我結合這部分展露了驚人的全能性呢。妳難道是USB嗎？但再怎麼說，我還是想對連體蜈蚣敬而遠之呢。」

為什麼？我明明只是採取抱團行動這種再正經不過的攻略法，為什麼非得被大家以冷淡的目光看待？

「啊，光搞錯了！不是連體蜈蚣，是蜈蚣賽跑才對啦！剛才口誤說成了連體蜈蚣呢，真對不起！」

『…………』

我猜你各位都在想「這種辯解也太爛了吧？」但那個小光是真的有可能單純口誤，所以我們並未出言吐槽……

若是對連體蜈蚣心懷好奇，在上網搜尋之前，請先確認您有一顆強健的心靈喔……

在那之後又討論了一陣子。然而因為是初次討論，加上狼人是在一片漆黑之中動手的，我們暫時無法揪出狼人的身分。

「啊，糟糕！沒時間了！」

詩音媽咪焦慮的喊聲讓我們想起了時間限制。我確認了一下，發現只剩下十五秒鐘能夠討論了。

「這樣上半部都沒問題了吧？大家都乖乖回報了吧？」

「沒問題的喲～！謝謝大家回報的喲～！」

嗯，總之大家的回報似乎都告一段落了。目前看來上半部的玩家們沒什麼可疑的舉動……

這場遊戲的狼人陣營共有兩人，算是相當刁鑽的設計。一想到剛剛的對話之中也可能有人巧妙地做掩護，把剛才的結論照單全收實在很危險。

「總之我會警戒朝著下半部行動的四人！再見！」

詩音媽咪以勉強能聽懂的速度快快說完後，討論環節便結束了。這場討論裡無人遭到吊死。

遊戲再次回到了能夠操縱角色的狀態。由於尚未釐清的部分依舊很多，總之先照著詩音媽咪導出的結論行動吧……

：變得有趣起來了呢。

：先殺晴晴真是有先見之明。

：順帶一提，晴晴現在似乎正咆哮著瘋狂敲桌。

：這什麼可悲的反應？

：她氣到開始製作詛咒犯人的桔稈人偶了。但因為沒有桔稈，用的是毛線。

：那已經和詛咒無關，只是普通的人偶吧……？

在第一次討論環節結束後，又過了一小段時間，目前遊戲以平穩的節奏進行著。

雖然中途多次有成員因狼人陣營妨礙而遭到孤立，但基本上我、小光和小有素都一直抱團行動，因此直到目前並未出現新的死者。

逃脫量表也累積得相當順利，如此一來，應該能趕在全軍覆沒前集滿量表，結束遊戲吧？就在我這麼想的時候，畫面再次跳出「緊急討論」的紅色文字。

畫面隨之切換，又一次進入議論紛紛的環節。

這次的受害者是——

【山谷還・死亡】【晝寢貓魔・死亡】

是這兩人啊——

「這……還真是被殺了個措手不及呢。」

與第一次討論時相比，真白白的語氣明顯變得緊張許多。

雖然看在我們眼裡，遊戲進行得四平八穩，在我們看不到的地方卻再度有兩人慘遭殺害。即便知道這只是遊戲，我的背脊仍舊竄過一股涼意。

「……我才不要待在這種地方呢！聖大人要逃跑了！」

「咱雖然不是不能理解您的心情，但可以不要埋下這麼明顯的死亡伏筆嗎？」

「吵死了！好啦詩音，我們一起流亡海外吧！」

「聖……欸嘿嘿，總覺得聽起來有點像是度蜜月呢！不過在這種狀態下要怎麼逃？」

「那當然是——躲進低音提琴箱啦！」

「真是頂級的經濟艙呢！但如果能和聖待在一起，似乎也不錯喔！」

「聖大人，您難道不曉得躲低音提琴箱以外的出國方法嗎？請乖乖付錢買機票啦。還有，詩音前輩，可以請您別跟著唱雙簧嗎？雖然已經少了好幾個人，但要咱獨自控制這樣的局面還是太難了。」

這對情侶實在是喔……居然讓真白白如此困擾，真教人頭痛耶。沒辦法，就讓小咻瓦我出面協助真白白吐槽吧。

「欸欸，真白白。」

「嗯？小咻瓦，怎麼了嗎？」

「我不想輸給那兩人，所以已經下單買了小提琴盒。我們下次就躲在裡頭，去沖之鳥島（註：位於日本最南端的海島，現無人居住）旅行吧？」

「妳是笨蛋嗎？妳有看過小提琴長什麼樣子嗎？收納那種樂器的盒子哪塞得下人呀？還有，妳就不能挑個更正經的地方旅行嗎？」

「欸欸，淡雪閣下。」

「嗯？小有素，怎麼了嗎？」

「我為了讓淡雪閣下開心，所以也已經下單買了小戈是也！」

「喂。」

「真白閣下，有什麼事嗎？」

「小有素，咱知道這世上有形形色色的小戈存在，但說到能插進這段對話的小戈，應該還挺不妙的吧？那是從哪裡出貨的？」

「Merc◯li是也。」

「居然在這麼光明正大的平台販售，嚇了咱一跳呢。該不會和咱想到的小戈是不同的小戈吧？」

「上面寫說會從黎巴嫩（註：影射曾任雷諾日產汽車聯盟執行長的經濟犯卡洛斯．戈恩，於2019年從日本潛逃至黎巴嫩）寄送過來是也！」

「這不是鐵證如山了嗎？看來那十之八九符合咱想像的那個小戈，明天早上的新聞版面肯定會充斥著熱烈歡迎小戈的報導。喏，小咻瓦也別一直愣著，對這個讓人頭痛的後輩說個兩句吧。」

「〇〇〇．〇〇。」

「不行不行不行不行完全不行！為什麼直接指名道姓了？這已經出界嘍！啊——咱不行了，要退出吐槽的行列了……」

呵，我吐槽的功力真是華麗得沒話說，或許也可說是太過華麗而超越了吐槽的範疇。

「小真白還好嗎？會不會累？」

「啊小光……對現在的咱來說，只有妳是唯一的救贖呢。」

「喔！既然妳都這麼說了，光也會努力的！小真白，包在我身上，接下來就由光來包辦吐槽的職責吧！」

「真的嗎？能拜託妳嗎？」

「呵、呵、呵，就全部交給光吧！我會使出讓小真白也為之語塞的吐槽絕技！」

「謝謝妳，小光……那咱就代替詩音前輩，負責主持現場嘍？好了各位，讓我們回歸原本的討論吧。」

「搞什麼鬼呀——！」

「」

「怎麼樣，小真白！剛剛的吐槽很完美吧？奇怪？小真白？喂——！」

就在真白白正式被擊倒的同時，原本還在唱雙簧的詩音媽咪似乎驚覺不妙，重新擔起主持人的職責。

「啊〜咳咳！大家要認真一點啦！目前確定還有兩名狼人存活，再不鎖定嫌犯的話，我們玩家就要輸了！得找個人吊死才行！」

「的確如此是也，得將勝利獻給淡雪閣下才行……總之，我、淡雪閣下和光閣下都一直待在一起，所以理應沒有狼人混入其中的餘地是也。我們打從一開始就是往上走，因此應該可以將我們三人列入白名單是也。」

「唔嗯……仔細想想，這次被殺害的兩位，都是在開場後就立刻往下走的成員呢。」

「好的好的好的！我認為小愛萊很可疑喔！」

就在詩音媽咪釐清狀況之際，我扯開嗓門，喊出目前最為可疑的人物。

現在回想起來，無論是開場後的行動，或是在討論時擴大警戒名單的言行，她都顯得相當可疑。

「嗯——這有點難說呢……」

「為什麼呀，詩音媽咪？她是我們之中最可疑的人吧？」

「老實說，我和聖也一直監視著她的一舉一動，但沒有什麼可疑之處。倒不如說，她甚至處處在協助我們呢。」

「這、這是真的嗎？」

「嗯，聖大人也是這麼認為的喔。我雖然用眼神從上到下地對她性騷擾了一番，卻沒有反常的行為呢。她的全身上下都淫靡得反常就是了。」

「正如情侶組前輩們所言的喲～！我之所以會在首次討論時提醒警戒地圖上半部，單純只是因為大家的思慮不夠周全的喲！我是玩家陣營的喲～！」

「嗯……詩音媽咪認為雖然小愛萊不算完全清白，但也還不到需要立即吊死的地步。」

嗚……看來追問下去也不會有什麼結果……我還以為這是個挺好的思路呢……

咦？然而說到小愛萊以外的可疑人物，剩下的不就是……

「——難道是真白白？」

只剩下這個選項了吧……

「不，等等。咱也知道在這種情況下很容易受到懷疑，但妳完全搞錯了，咱真的不是狼人。咱原本提防著小愛萊，和貓魔前輩及小還一同行動，卻因為被強制迷你遊戲和關門等手段妨礙而遭到分開。待咱有所察覺時，就只剩下咱一個人了。」

「唔嗯……既然是心愛的真白白開口，我是很想相信啦。但這種說詞果然還是有點……」

「小咻瓦，咱是說真的！說起來，情侶組也很有可能是在開場後殺死晴前輩的凶手呀。話說回來，咱剛剛有瞥到詩音前輩和小愛萊在一起，卻沒看到聖前輩呢？您跑到哪裡去了？」

「我在隔壁房間處理迷你遊戲喔。畢竟我覺得累積量表過關的成功率很高啊。」

「剛剛確實是有這麼一段，但我們馬上就和聖會合嘍！我覺得聖是玩家陣營的喔！」

「就是這樣的喲！進一步來說，如果這兩人都是狼人，總是和她們走在一起的我應該早就被殺死的喲！現在應該要吊死真白前輩！她實在太可疑的喲～！」

「……可是可是……小愛萊和情侶組也可能是狼人呀……」

真白白反駁的音量逐步減弱。

這下子……看來第一個要被吊死的就是真白白了呢。雖然很同情她，但還是得照遊戲規則來才行。

就在我打算按下投票鈕的這一瞬間——

「唔……光好像愈來愈聽不懂妳們在說什麼了……欸，小恰咪是怎麼想的？」

一直靜靜地在旁聆聽的小光這麼開口，頓時讓整個場子的時間暫停了好幾秒。

小……恰咪……？

：！

：這……？

：趨勢變了呢。

：同一時間，晴晴正拚了命地狂打毛線。

：畢竟密室狼人和部分的狼人殺遊戲不同，玩家只要死了就沒事幹嘛……

：狼人陣營就算陣亡依舊能妨礙就是了……

「什麼？咦，為什麼？妳怎麼會察覺到身處匿蹤模式的我？」

沉默了好幾秒的場子裡，在這場企畫裡做過自我介紹後就一語不發的小恰咪嗓音響徹整處空間。

沒錯，這是她在做完自介後首次出聲。不管怎麼回憶，我都找不到小恰咪在首次討論時說話的片段。

小恰咪徹底消去了自己的身影……但這不對勁呀？為什麼小恰咪一直沒說話？而我們又為什麼完全沒察覺到這件事？

「小恰咪，妳為什麼要這麼慌張啊？」

「小、小光……妳是什麼時候……看得到我的？」

「嗯？當然是打從一開始就看得到啦！光原本很擔心不善言詞的小恰咪會在這種人多的地方待不住，但因為妳一直沒講話，光就幫妳推了一把啦！哼哼！」

「居然說……從一開始……」

小恰咪一副愕然的反應。不對，不只是小恰咪，除了小光以外的全員都藏不住臉上的詫異。

這狀況代表的是……首次討論之際，除了小光以外的成員都沒有意識到小恰咪的存在。

換句話說——光是這樣的事實，就足以全數推翻之前的推理。

「有、有沒有人？有誰目擊過小恰咪嗎？就算不是剛才也沒關係，無論是哪個時間點都好，有人知道小恰咪的動向嗎？」

詩音媽咪慌張地喊道，卻沒有人回應。

這是有可能發生的事嗎？聽不到聲音也就算了，在這樣的遊戲裡面，居然還能不被任何人看見身影嗎……？

「那、那小光呢？」

「嗯——……遊戲剛開場的時候好像曾經看到她往某個方向走，但那之後光就沒看到了呢……」

「怎麼會……到底發生什麼事了……」

匿蹤模式

恰咪

就連察覺到小恰咪存在的小光，也在遊戲開始後不久搞不清她的去向——這有可能嗎——

「啊！」

此時，我想到了小恰咪的某項特技。

小恰咪是出了名的怕生，她會盡力避免和不熟悉的人面對面。而這強烈的念頭最終催生出小恰咪近似超能力的才能。

她首次展露這項能力的一鱗半爪，是在我倆去遊樂園玩的時候。當時小恰咪對散發陽角氛圍的人們產生了近乎過敏般的反應，以靈活的步伐接連避開他們。

而她本人對這項能力有所自覺，則是在某次開台玩恐怖遊戲之際。我在直播結束後看了存檔才知道——當時觀眾們都認為她會從頭尖叫到尾，表現得像個草包，她卻以怎麼看都不像是初次遊玩的效率迅速推進，在幾乎沒遇到敵人的情況下順利破關。

不止觀眾，就連本人都對這樣的狀況感到一頭霧水，但她最後還是察覺到了。

由於小恰咪實在過於怕生，讓她的感官打磨到了極限——不僅限於現實世界，她甚至能在遊戲世界裡感應到人類所在的位置！

而在這場密室狼人的遊戲裡……難道小恰咪運用自己的這項能力，在不和任何人組隊的情況下，來無影去無蹤地推動了遊戲的進程？

這樣的可能性相當高。我迅速而簡潔地和大家分享了上述的資訊。

「咦？她有這麼悲傷的能力喔？聖大人有點想掬一把同情淚了呢。」

「小恰咪好帥喔！光也想要那種能力！」

「小光應該是最學不來的那個吧……」

「咦咦咦？詩音前輩，您為什麼這麼說？」

「因為陰與陽基本上是不相容的呀……」

「妳們根本不是人類是也！」

正當大家各自發表感想時，原本一言不發的真白白突然笑了出來。

「呵呵呵呵！」

「真白白怎麼了？不小心尿出來了嗎？」

「小咻瓦，妳為什麼會想到那裡去？咱醞釀的氣氛都被妳搞砸了。」

「畢竟真白白每次找到機會就會對我猛烈吐槽，但妳明明聽到了小恰咪驚天動地的祕密，居然一句話也沒說……」

「妳難道以為咱沒在吐槽的時候都是在尿褲子不成？還有，咱認為小咻瓦身邊要是沒有咱陪的話就會出大事呢。」

「這是……在和我求婚嗎？妳想聽我說『我會一輩子守護真白白的內褲』嗎？」

「要是被這樣求婚，咱說不定真的會被嚇到尿褲子呢。」

「呼、呼、呼、呼！」

「還有，詩音前輩，能請您別在那邊喘粗氣嗎？咱是不會尿褲子的。」

「嘖！我還以為那個正經八百的真白白也有退化成嬰兒的一天呢。」

「好的好的，咱要繼續說下去嘍。首先，咱想先對小光和小咻瓦點個讚呢，拜妳們之賜，咱才得以彙整出一套推理。那麼，小恰咪，咱們來好好聊聊吧？」

「咿！」

真白白這麼開口後，便毫不留情地質問了小恰咪一番。

儘管真白白尚未擺脫身為狼人的嫌疑，但大家眼下最關注的還是小恰咪的行動，因此都默不作聲。

「妳為什麼一直不說話？是和剛剛提到的匿蹤模式有關嗎？」

「……是那個啦！我一旦面臨人多的場合，就會變得沒辦法開口呀！要是發言時撞上別人講話的時機，感覺很尷尬嘛……」

「原來如此。那咱就一對一地從頭開始問起吧。妳開場之後做了些什麼？」

「我、我朝著六號管理區移動，之後又往上走了。」

「妳和誰在一起？」

「……沒有別人。」

「原來如此。從六號管理區往上走，代表妳去了聖大人和詩音前輩所在的三號管理區對吧？妳沒和她們兩個會合嗎？」

「啊……呃，兩位前輩都在處理迷你遊戲，所以我打算朝著其他管理區前進，結果在管理區之間的連通道裡迷路了！」

「妳一個人去？」

「嗯、嗯嗯，對呀。」

「愈來愈可疑了呢。」

「為、為什麼啦？」

小恰咪逐漸藏不住狼狽的反應，真白白則恰成對比地以冷靜的語氣阻斷她的退路。

「在這款遊戲裡，只要單獨行動就很容易被狼人盯上——也容易被貼上狼人的標籤。妳若是玩家陣營，在這樣的情況下，一般來說都會選擇與其他人會合才對吧？不管怎麼說，選擇躲避實在是太可疑了。即使再怎麼怕生，這款遊戲除了討論環節外都沒有開口的必要，結果妳居然選擇避不見面……這豈不代表妳有不能和人碰面的理由？」

「小、小真白，妳的想法太天真了！可別小看我怕生的程度！就算不必對話，我也會害怕與人碰面喔！」

「哦……算了。那妳到剛才都在做些什麼？」

「……我待在一號管理區附近。」

「妳是怎麼過去的？」

「呃……我記得是從八號管理區出發，然後沿著五號、四號再移動到一號的。」

「哦……這次發現屍體並通報的可是咱喔。原本和咱一起行動的貓魔前輩突然遭到孤立，待咱連忙趕上會合的時候，發現她變成了一具屍體。她的屍體位於四號管理區，但妳經過那邊時為什麼沒有通報？咱記得已經有很長一段時間沒有停電了，難道妳沒看到她的屍體？」

「先、先等一下的喲～！」

就在小恰咪身為狼人的可疑度直線上升之際，小愛萊突如其來地打斷了這場對話。

「我覺得不要全盤相信恰咪前輩的話比較好的喲～！」

「為什麼呢？」

「因為恰咪前輩是個大草包的喲～！」

這段話雖然來得唐突，真白白卻仍穩如泰山。

「小愛萊？」

聽到後輩語出驚人，小恰咪登時迸出了混雜錯愕之情的驚呼聲。但奇妙的是，除了小恰咪之外的參加者都並未為此感到訝異，因為實情就是如此……

「原來如此。小愛萊，妳果然很敏銳呢。小恰咪確實是個草包。」

「居然連小真白都說我是草包……」

儘管小恰咪愈發消沉，但與此同時，這回輪到真白白和小愛萊爆發了一場唇槍舌戰。

「說起來的喲！就算恰咪前輩是狼人，我也不覺得她能持續掩人耳目到此時此刻的喲～！她一定會早早就露出破綻的喲！」

「嗯嗯，小愛萊，咱懂，咱真的很懂妳的意思。」

「既然如此——」

「若是如此，為了能讓小恰咪在無人察覺的情況下專注於暗殺行動，想必會有個同伴在後面努力幫她擦屁股吧？」

「…………」

「對吧？小愛萊？」

這……莫非小愛萊自掘屁穴了……？

我說錯了，是自掘墳墓才對。

「仔細想想，小愛萊，在第一次討論的最後，詩音媽咪不是確認『是不是所有人都回報了』嗎？當時小恰咪明明沒有回報，妳卻是第一個出言肯定的吧？奇怪？難道小愛萊是在包庇她嗎？」

「才沒有這回事的喲！那真的只是我一時不察罷了……倒不如說，真白前輩也沒察覺到吧！

況且您剛才一直擺出自己是玩家陣營的態度，但在我看來，不僅發現了屍體，還試圖率先將某人吊死的您，才是最有嫌疑的人物的喲！」

「可是小恰咪剛剛好像對屍體視而不見呢？」

「或許貓魔前輩那時還不是屍體。而真白前輩親自下手之後，為了進一步減少人數自行通報，這樣的可能性並不小的喲！」

「對、對呀！我通過四號管理區時根本沒看到屍體呀！」

小恰咪也口徑一致地跟著小愛萊反擊。唔嗯……

「事實上，我也一直跟著詩音前輩和聖大人一起行動，如果我是狼人，才不會擺出這麼配合的態度的喲～！對吧，二期生的前輩們？」

「……詩音，妳怎麼看？」

「嗯……小愛萊確實有點可疑，但說起來，她的確沒有表現出像是在打掩護的行為呢。」

哦，難道結論要逆轉了嗎？

「原來如此。小愛萊，妳的腦袋真的很好呢。」

「您這位以『咱』自稱的前輩居然還一副老神在在的態度！請別做垂死掙扎的喲！」

「但妳那聰明的腦袋，讓咱的疑惑轉為了肯定呢。果然小愛萊就是狼人。」

我原本還以為會上演一齣逆轉秀——真白白卻斷言自己勝券在握。

「首先，關於第一個被殺害的晴前輩——咱認為有極高機率是小愛萊下的手。」

「為、為什麼的喲？」

「首先，晴前輩肯定相當擅長這個遊戲，縱使小恰咪再怎麼守口如瓶，想必也會被她看穿狼人身分。若是放任小恰咪獨自行動，她一定會在沒能察覺這種情勢的狀態下被大家吊死，所以妳才甘冒被懷疑的風險，強行排除最為危險的要素。但在那之後問題來了，咱認為小愛萊也沒料到小恰咪的才能會如此強大，才會以至少不被他人察覺為前提，在進行妨礙的同時徹底分工為講話方和殺戮方。在殺害晴前輩並嚴重招致懷疑的當下，一旦又做出可疑的行動，便會招致己方的危機。而要是讓小恰咪孤身一人，就再無勝算可言。畢竟一旦人數減少，在討論環節察覺到小恰咪的機率也會隨之上升。」

「真白前輩，您這是在鑽牛角尖的喲……我的腦袋可沒有好到那種地步的喲……」

「會嗎？因為以這樣的狀況來說，要是大家都沒察覺到小恰咪的存在，選擇把咱吊死，小愛萊之後只要找個時間孤立剩下的玩家，在決勝時刻參與殺戮即可。一旦妳與小恰咪會合後成功執行兩次雙殺（註：「Among Us」的遊戲術語，指兩名狼人同時執行殺害指令，一口氣殺死兩名在場玩家的行動），就能贏下這局遊戲啦。但妳似乎太小看小光了，才會招致現在的困境呢。」

「哼哼！」

小光發出了得意的哼聲。她雖然看似少根筋，但其實也具備高人一等的才能呢。

「哎，總之咱想表達的結論就是，在這一局裡——小愛萊用盡全力對小恰咪實踐了保母玩法！」

『盡全力對小恰咪實踐了保母玩法？』

「——呵呵呵呵，我本人卻覺得正用盡全力承受著羞恥玩法呢。小真白，我晚點會懲罰妳的，妳洗好脖子等著吧。」

「咦？妳要對咱做什麼事？」

「下次碰面之際，我要妳把嘴巴貼在我的耳邊講話！中性的男孩嗓音真是爽到不行喔喔嗚嗚嘻嘻嘻嘻噗噗噗！」

「閉嘴！」

「欸欸，小恰咪，那我呢？」

「女酒鬼感覺就很臭的放空軟綿綿聲音實在是爽到不行喔喔喔喔！」

「真白白，我要吊死這個性器官長在耳朵上的女人。」

「小咻瓦冷靜點，剛剛那應該是小恰咪在誇妳喔。她只是太忠於自我而已。」

「唔！我的嘴巴才不臭！是薰衣草的香味呀！」

「那也是廁所的味道喔。」

「我說錯了，是強〇的香味才對！」

「明明乖乖地說是檸檬味就沒事了，為什麼還要特地加工……不對，現在應該真的是強〇味沒錯……嗯？奇怪？妳今天喝的是什麼口味來著？」

「是全部加在一起的啦。」

「那一定很臭啊。」

「才、才不臭呢！這實際上和果汁牛奶差不了多少喔？但喝起來則是會讓人想喊『這算得上果汁嗎？』的味道就是了！」

「那什麼混淆視聽的感想啦？」

「還有還有，我也做好口臭的應對方案嘍！妳也知道我平常是把口香糖當成主食的吧？我總是把口香糖倒滿一整個飯碗，雖然看起來是白米，但其實是添得滿滿的口香糖喔。」

「哪來那麼多口香糖給妳添啊？」

「妳吐槽的重點是在那邊喔？」

我可是真的很在乎氣味問題的喔？別看我這樣，也還是個年輕的女孩子呀！

「欸，時間快不夠用了！」

雖然和真白白抬槓很好玩，但現在不是鬼扯淡的時候了，討論的時間快用光啦！

「好吧，那咱們就這次吊死一個人吧。至少要從小恰咪或小愛萊之中挑一個殺掉。要是吊死她們還沒辦法結束遊戲，再吊死咱也沒關係——不然先吊死其中一個再吊咱也好，因為咱相信這樣做一定會贏。現在最糟糕的做法，就是讓小恰咪和小愛萊這兩人繼續活下去。」

『……………』

在最後留下這麼一句後，真白白便將票投給了小恰咪。

……嗯，我也做好決定了。

我按下投票按鈕，投票的對象是——小恰咪。

「怎麼這樣啦啦啦啦啦……」

隨著一聲哀號，畫面上浮現「柳瀨恰咪．死亡」的文字。其他參加者也將票數集中在小恰咪身上。既然表現可疑到幾乎可以定罪，會有這種結果也莫可奈何……

討論環節結束。角色們再次回到五號管理區，重新進行操作。

然而這麼一來……已經差不多分出勝負了吧？畢竟另一個狼人肯定就是小愛萊呀。

不僅有真白白的推理支持，她先前掩護小恰咪的發言也是一著壞棋，因為那無異於承認自己是小恰咪的同夥啊。

小愛萊若想存活下來，就該在剛才的討論之中徹底切割小恰咪才對。雖然這樣做很冷血，不過這就是一款仰仗舌粲蓮花才能獲勝的遊戲。

接下來，小愛萊肯定會成為眾人注目的焦點。不對，雖然根據系統設定，在結束討論後會有一段冷卻時間，但等到冷卻時間結束之際，是不是該按下召集按鈕，讓大家吊死小愛萊呢？

直到能自由行動為止，我都想著這些事——結果事情隨之發生了。

就在可以重新操控角色的瞬間，小愛萊毫不猶豫地跑向真白白身旁。

然後在所有倖存者面前——殺死了真白白。

【彩真白・死亡】

「咦——————！？」

也不曉得是誰按下通報鈕的，總之畫面再次切換到了討論環節。

「嗚嗚嗚嗚嗚嗚！我要為恰咪前輩報仇喔喔喔喔喔！」

『咦——————！？』

居、居然在哭——————！？

「呼哈哈哈！恰咪前輩，我做到啦！我為您報仇雪恨啦！」

不、不會錯的！現在的小愛萊已經不是園長，而是組長了！但為什麼偏偏挑在這個時間變了個人？

「小小小小愛萊？妳怎麼了？妳和小恰咪的感情有這麼好嗎？」

詩音媽咪雖然驚魂未定，但還是展露出主持人的骨氣詢問道。

「這是我頭一次和恰咪前輩交流，說起來恰咪前輩也很少和別人合作。不過這點小事根本無關緊要！無論前因如何，她都已經是和我喝過交杯酒的情誼啦！是和我一同出征的家人啊！嗚哇啊啊啊啊啊！」

這女人也太過看重情義了吧。這就是身為組長的氣概嗎？

「請請請請您冷靜點呀組長！怎能由您老親赴敢死隊呢？您可是愛萊組的組長呀？」

「不不，她才不是組長，是園長小姐喔？還有，小咻瓦，妳為什麼能這麼快適應現場的氣氛啊？」

「詩音媽咪，在小愛萊於世上首次露出另一面（組長）的當下，我可是待在她身旁呢，所以多少有點習慣了。」

我回想起和她一起玩恐怖遊戲的那段時光。現在想想，我當時感受到的衝擊，大概就和大家見識到小淡變身成小咻瓦的感覺差不了多少呢。

「恰咪前輩她呀，是個好傢伙啊……雖然是個大傻瓜！」

『雖然是個大傻瓜。』

身在天國的小恰咪想必正承擔著種種情緒，放聲大哭吧。

但我總算明白她當時會出言袒護小恰咪的原因了。小愛萊的頭腦動得很快，因此我下意識地覺得她會切割小恰咪，但她似乎有著極度重視同伴的個性，完全沒有棄之不顧的念頭……

「小愛萊好帥！光會一輩子追隨您的！」

「愛萊閣下果然重情重義是也，身為同期的我感到很自豪是也！」

看吧。儘管情況如此絕望，她依舊憑藉個人魅力讓兩個人倒戈了呢。

還敢說她是園長的傢伙出來拚輸贏呀！這可不是鬧著玩的！

「……啊，仔細想想，恰咪前輩是被大家投票殺死的，所以仇人不只真白前輩一個呢。」

啊，糟糕。

「老子要拿刀子把妳們所有人的○○剖開再把○○拉出來然後再○○○○所以給我做好覺悟吧啊啊啊啊啊！」

「糟啦！是Live-ON（註：改編自漫畫《無賴男》主角之一火野麗兒的台詞）！」

「聖大人，請別用火野○兒般的口吻講話啦。喏，小光和小有素都回遊戲裡吧！」

「淡雪閣下，請別擔心。只要是為了淡雪閣下，我甘願化身敢死隊是也！」

「妳這不是還留有剛才的影響嗎。」

「嗚！小愛萊雖然很帥，但身為同期，我終究不能對小真白的死置之不理！光已經恢復理智了（註：典出電玩遊戲「Final Fantasy Ⅳ」龍騎士凱因的台詞「我已經恢復理智了！」但下一秒就做出背叛己方的行動）！」

「妳的理智真的恢復了嗎？不會像某個龍騎士那樣再次背叛吧？算、算了，既然有那麼多人在場，應該不至於會輸啦。」

雖然差點就要忘了，但目前可是密室狼人的討論環節。既然已經徹底鎖定狼人的身分，便只能吊死她了。

小愛萊，納命來！

「哦？居然是五對一，這場襲擊的陣仗還挺不錯的嘛。但在動手之前，先報上自己的地盤才是常識吧啊啊啊啊！」

「不不，我們的地盤和小愛萊是一樣的呀……」

「看來是內部鬥爭是也！下一任組長的寶座非淡雪閣下莫屬是也！」

「我才不要。」

「呵、呵、呵！小咻瓦，光可不會讓妳稱心如意。下任組長的寶座就由光收下了！」

「看吧，妳這不就背叛了？莫非要上演一場以血洗血的大戰嗎？」

算、算了，反正都確定要贏了，那第一局就這樣結束吧！

「看來寡不敵眾啊……但我不會放棄的！恰咪前輩的遺憾，就由我為她實現吧！接招！必殺技——模仿米〇鼠！哈哈！我要把大家送進夢之國的九泉之下啦！」

『嗚喔喔喔喔喔住口啊啊啊啊啊啊啊！』

【苑風愛萊・死亡】

【玩家陣營・勝利】

最後，所有人都把票投給了發起恐怖自殺式攻擊的小愛萊。由於狼人陣營全軍覆沒，玩家陣營就此獲勝。

真、真不愧是在黑社會呼風喚雨的組長，居然在那種山窮水盡的絕境下打算來個兩敗俱傷……在她斷氣之前都不能輕忽大意啊……

：辛苦了！

：我還是頭一次看到這種狼人殺……是說最後根本不是狼人殺了。

：原以為在看狼人殺，結果不知不覺就變成黑道電影了。

：超喜歡組長。

：為替小弟恰咪報仇，愛萊組長發起捨身特攻。

：好歹是前輩……

：晴晴終於完成人偶，把照片貼上了說特。照片內容是一比一大小的桐〇一馬（註：電玩遊戲「人中之龍」系列的主角之一）。

：啥？

：在各方面顛覆預測的女人。

：別拿預測來玩跨欄賽跑啦。

好啦，接下來要和先前被殺掉的人們會合。在下一場遊戲開始之前，就是熱熱鬧鬧的感想大會了。

其中不乏透過復盤解開不解之謎等能炒熱氣氛的環節，對於狼人殺遊戲來說，這也是能好好享受的一段過程。

『辛苦啦——！』

大家異口同聲地出言慰勞後，率先開口的是開場即退場的晴前輩。

「喂，那邊的老大哥，妳是不是有什麼話該交代一下？」

「老大哥是誰的喲～？」

「就是妳啦！啊，還是說喊妳組長比較好？」

「Livi-ON裡沒有這樣的成員的喲～」

「妳這～裝蒜大王！妳毫不猶豫地衝過來把我殺掉，就連身為天才的我都來不及跑呀！」

「只是因為您碰巧進入我的視野，我才會順手殺掉～的喲～」

「啊，對啦老大，妳要真人比例的桐〇一馬人偶嗎？」

「妳要我殺誰？還是打算出價？」

「老大，妳偽裝個性的外皮已經薄到能透光了。我會免費送妳啦……」

果然一開始殺死晴前輩的就是小愛萊啊。

話說回來，真不愧是組長，一旦決定好狙殺的目標，便似乎不會有絲毫猶豫呢。

「小恰咪映在畫面上的時候，我真的嚇到喊出聲音嘍……」

「還也差點以為自己要尿失禁了呢。應該說，這明明是能合法在眾人面前變回尿尿小嬰兒的大好機會，我卻選擇強忍下來，實在讓人後悔不已。」

接著開口的是其後被殺害的貓魔前輩和小還。

既然兩人都是被小恰咪給殺掉的……代表真白白的推理的確是滴水不漏呢，好厲害……

「這是真白白大為活躍的一戰呢！」

「不不，詩音前輩，不只是咱而已喔。要不是有小光和小咻瓦在，咱們說不定會輸掉呢。」

「喔！同為三期生的小光透過獨特的視野察覺到小恰咪，小咻瓦提供了知識，小真白則仰仗這些支援才得以推理。換言之，說這是三期生團結一致的勝利也不為過吧？大家為三期生掌聲鼓勵！」

當詩音媽咪為第一局遊戲做出結語後，眾人便向我們送上熱烈的掌聲。嘻嘻，總覺得有點害羞呢……

好啦，在拍手停止後，差不多要進入第二局遊戲了。就在我打算聚精會神迎戰之際……

「那、那個，小愛萊！」

在人多的場合總是表現得畏畏縮縮的小恰咪，竟然拔高嗓門呼喚了同為狼人的小愛萊。

「嗯？怎麼了的喲？啊，真抱歉，我沒能拿下勝利的喲……要是我能更冷靜一點，或許還能再堅持一陣子……」

「不、不是的，不用道歉啦！應該說……那個，妳表現得真的真的很帥氣！」

「是嗎？那就太好了的喲～」

「嗯，所以呢？聽我說喔？」

「是？」

「下次……可以一起直播嗎？」

「咦？您是在邀我合作嗎的喲？」

「對、對對！妳如果不嫌棄，下次要不要來我家？喏，小愛萊還沒做過ASMR吧？我想觀眾們也會很開心喔？我會傳授很多技巧給妳，要不要一起試試？」

——真是太神奇了。

那個小恰咪……被稱作Live-ON首屈一指的陰角的小恰咪……居然主動……在這麼多人的場合向不是同期生的對象……發出合作邀約……！

雖然她的聲音在顫抖，但確實說出來了！她擠出了勇氣！小恰咪主動跨出構築人際關係的第

一步！

「當、當然要試的喲～！我很期待和恰咪前輩一起合作直播的喲～！」

「真的嗎？呼～太好了～……那我晚點再發訊息給妳喔。」

「瞭解的喲！」

小愛萊一口答應了。糟糕，總覺得眼角有點熱熱的……

其他人似乎也被此情此景打動了內心。沒過多久，大家便為這對狼人陣營獻上掌聲。

好溫暖……Live-ON真是個溫暖的好地方啊……

像這樣難得的臨時組合，也可能會成為新搭擋誕生的契機。能親眼目睹這樣的光景，正是大型合作的可貴之處呢！

：奇怪，為什麼我開始哭了……

：貼貼。

：全裸待機。

：88888（註：日文的8音近鼓掌的狀聲詞，重複使用時有拍手之意）。

：¥8888

溫馨的氣氛沒維持多久，畫面很快就進行切換，進入第二局。

我和第一局同樣是玩家陣營。儘管狼人陣營逐漸減少了玩家人數，卻也遭到玩家陣營吊死，目前終於來到剩下我、貓魔前輩和小還進行的最後一輪討論。而在此時，我們已經確定小還就是最後一名狼人。

順帶一提，記取第一局教訓的晴前輩，在開場後便跟上了某個三人組行動，形成看似滴水不漏的四人陣型——但想不到其中兩名成員是狼人，最後落得慘遭雙殺的下場。她再次於開場階段就退場了。到底是為什麼……

「喵喵！小還，終於把妳逼上絕路了！」

「呵呵，居然能將還逼入絕境，真不愧是媽咪和貓魔前輩。不過雖然兩位都感到勝券在握，可惜這一局還沒有結束喔。」

「什喵？這是什麼意思？」

「呵、呵、呵，我的背後可是有某個巨大的組織作為靠山喔。」

「巨大的組織？小、小還，難道妳和舉辦這場混沌的密室狼人的組織有關連嗎！」

「是P〇A（註：PTA為日本「家長教師聯誼會」的簡寫）喔。」

「雖然和遊戲一點關係也沒有，但這傢伙居然搬出了絕對不能與之為敵的組織名號？這根本是Live-ON的反義詞啊！」

「哈哈哈！貓魔前輩，妳真的要動手嗎？要是吊死前途似錦的小嬰兒，Ｐ〇Ａ想必不會默不吭聲喔？哦？那可是幫我擦屁股的Ｐ〇Ａ喔？哦？哦？」

「這、這傢伙？居然用這麼卑鄙的手段……！身為前輩，貓魔我絕不容許妳利用自身立場狐假虎威！給我仔細聽好了！如果妳的靠山是Ｐ〇Ａ，我們的靠山就是ＧＴＯ！」

「ＧＴＯ？ＧＴＯ難道是指……那個嗎！」

「沒錯！那正是Great……奇怪？Great……Ｔ是指……咦？是什麼來著？小咻瓦，妳知道ＧＴＯ的Ｔ是指什麼嗎？」

「是雞雞（Tintin）喔。」

「沒錯沒錯！Great・雞雞！……咦？那接在後面的Ｏ又是指什麼？小咻瓦，妳也知道Ｏ的意思嗎？」

「是小雞雞（Otintin）喔。」

「就是那個！聽好了小還，我貓魔可是有著Great・雞雞・小雞雞的身分，簡稱ＧＴＯ！」

「咦……這個人好可怕！媽咪救我！」

「請向全世界的ＧＴＯ下跪道歉吧。貓魔前輩，我對您很失望喔。」

「這世上居然有如此不講理的事？總之，我之後要對小咻瓦處以絕對不能笑的最終反攻之刑。」

「那是什麼東西？是遊戲嗎？」

「還也很好奇。」

「那是真的得在完全不能笑的情況下打通關的遊戲喔。」

「「嗄？」」

經歷了這些有的沒的之後，小還被我們吊死，第二局最後也是由玩家獲勝。接下來的第三局便是最後一戰。

而在第三局遊戲開始後——

【朝霧晴、心音淡雪——狼人陣營】

「這下贏定了呢。」

看到顯示在開幕畫面上頭的文字，我不禁這麼低喃了一句。

：這不是天氣組合嗎！

：您搞錯了，是天災組合吧。

：贏定了呢（落敗宣言）。

：我只知道絕對會出意外。

：晴晴終於被分到狼人陣營了……這下會怎麼發展呢？

「啊——有晴前輩當同伴就變成超簡單模式了，實在對不起喔——真是的，如果在這種情勢下落敗，要把我埋到樹底下也沒關係啦！哈哈哈！」

：我錄音了。

：您這是在表演從嘴裡吐出無限旗子（伏筆）的魔術嗎？

：我聽到要埋人所以開了挖土機過來的啦！

：真是殺氣騰騰。

：一聽到要埋起來，我便閃過機不可失的念頭，跑去買了人生第一份空白履歷。

：雖然時機莫名其妙但很了不起。

¥455：我今年四十歲，人稱啃老蟲。但其實我真正想啃的是年輕女孩的屁股啦！嗚呼呼！

：我錯了，這確實是神機妙算，把他一起埋了吧。

：別在成蟲之後變成啃屁股蟲啦。

：這就是所謂的完全變態嗎？

：居然投超留笑死。

：別窩在家人身邊4545啦。

：有夠好笑。

嗯——該怎麼做呢？既然都和晴前輩組隊了，除了不要亂捅妻子之外，感覺要怎麼動都無所謂就是了……

嗯，反正才剛開始而已，總之就跟在晴前輩的後面吧！我也很好奇前輩打算怎麼行動呢。

「哎呀，雖然在第一、二局都身處無力的玩家陣營，所以只能任人宰割，但既然想挽回天才之名的晴前輩也加入狩獵的一方，那這已經不是狼人殺，而是無雙遊戲啦！狼人無雙今日發售！要是和晴前輩組隊還輸掉，要把我埋了再射到外太空也無所謂啦！」

：那不就成了天空〇城嗎！

：別汙染地平線好嗎？

：妳究竟躲藏在哪裡？（土裡）

：笑到死！

：別講得像是巴〇斯（註：動畫電影「天空之城」的毀滅咒文「巴魯斯」）一樣啦。

：總覺得晴前輩會因為沒在第一時間被殺掉，被當成推理的線索吊死。

：沒被殺掉所以是狼人的理由也太好笑。

：為什麼連講話語氣都變成徹頭徹尾的小嘍囉了……

我跟在晴前輩身後，抵達二號管理區。除了我們兩個狼人之外，還有真白白和聖大人在此。

「喔？這下是不是該動手了呢？是不是要來個雙殺呢？晴前輩，您都走到聖大人身邊了，所以是要我下手的意思吧？那我就趁著真白白還沒移動到其他地方前下刀啦——！」

目前晴前輩正待在埋頭挑戰迷你遊戲的聖大人身旁，大概是假裝在玩迷你遊戲吧。周遭沒有其他人影，是個完美的機會。

「那我就不客氣啦——！嗯嗯嗯侵犯真白白的身體也好爽喔喔喔喔喔喔喔！」

眼見機不可失，我便筆直地衝向真白白殺了她。

呼……（賢者時間）。好啦好啦，晴前輩，快點把眼前的現充給炸死吧。

……奇怪？

「晴前輩？您為什麼不動手呢？咦？等等，您再不快點的話就要被揭發嘍？」

不知為何，我明明殺了真白白，晴前輩卻一直沒有要殺死聖大人的意思。不對，她甚至完全沒有想動的樣子啊？

到底是怎麼回事？再這樣下去，我就會被挑戰完迷你遊戲的聖大人通報嘍？您不是裝作在玩迷你遊戲的樣子伺機而動嗎？

嗯……？等等喔？伺機而動？難、難道說——

「晴前輩該不會正在看地圖吧？」

在這款遊戲裡，狼人陣營為了確認玩家陣營的所在位置，常會需要展開地圖，這時整張畫面自然會被地圖給填滿。

換句話說，晴前輩雖然看似在玩迷你遊戲，但其實是在看地圖，所以才會沒發現我已經殺掉真白白了吧？

「欸，這下糟糕了！大事不妙了！聖大人已經要玩完迷你遊戲嘍！這樣的話是不是開溜比較好？不對不對，這麼一來就會懷疑到晴前輩身上了！該怎麼辦？」

出乎意料的發展，讓我在一片混亂之中呆若木雞。

沒過多久，聖大人便挑戰完迷你遊戲……而小光也像是要補上致命一擊似的，從其他管理區跑了過來。

「完蛋了。」

就在我以毫無感情的語氣如此呢喃的同時，由於某人按下了通報按鈕，畫面隨即切換至討論環節。

【彩真白・死亡】

冷、冷靜下來！晴前輩可是個天才，肯定還藏了一手。她一定是故意坐視不管的，這也是為了獲勝的必要布局！

對吧？是這樣的吧，晴前輩？

「————」

完蛋了。

在大家的議論聲當中，我聽到晴前輩發出了不成聲的哀號。雖然其他人應該都沒有發現，但正垂死掙扎的我可是聽得一清二楚。

「喂，那邊那個人類和強〇的混血兒。」

「瞎咪啦？」

「妳講話原本是這樣的調調來著？」

我和聖大人的互動引來了陣陣笑聲。由於小光也在旁作證，基本上已經是在劫難逃了。現場甚至一點緊張感都沒有，真是讓人難過呢……

該怎麼辦……總之試著否認吧。

「大家誤會了，我才不是什麼狼人呢。嗯。」

「淡雪閣下都這麼說了，那我就相信她是也。」

「光也相信她喔！相信別人才不傻！相信就是力量！」

抱歉，我沒想到真的有人會信，反而被嚇了一跳耶。小有素真是好孩子呢，下次送內褲給她吧。不過小光都身為目擊者了，總覺得她不該乖乖相信啊……

但想當然耳，這依舊改變不了我會被吊死的命運……好吧，那就做個最後的掙扎吧。

「嗚！都是因為強〇全明星口味的破壞力太強，我才會按錯按鈕的……在狼人殺喝得太嗨居然會造成操作失誤嗎……」

乍聽之下，這是在宣告自己的敗北，但我這麼做的目的，其實是避免使其他人猜到我原本打算進行雙殺。雖然只是最後一搏，但還是得避免讓懷疑的矛頭落到晴前輩頭上才行！

「我也看到咻瓦卿站在屍體旁邊，所以這真的沒辦法幫忙講話呢。不如就吊死咻瓦卿，證明我和聖聖的清白吧？啊，還有皮卡琳也很有可能是清白的。」

啊，就連晴前輩都選擇切割我了呢……

不不，沒事的，晴前輩。實際上，我從抵達二號管理區到被通報為止的時間甚至不到十秒，您沒察覺到也是很正常的。沒能從您站著不動的模樣推論出您是在看地圖，也是我的不對。

「那麼小咻瓦，去那邊學嬰兒爬。」

「詩音媽咪，一般來說都是用『去那邊給我正坐』這樣的講法吧？」

「去學嬰兒爬。」

「好的好的，我這就去嬰兒爬……一、二、爬！」

好啦，制裁的時間來臨。

「那麼，小咻瓦，妳最後還有什麼想說的嗎？」

意思是……要讓我說遺言嗎？

我做了一次呼吸，隨即以嘹亮的語氣這麼說道：

「咦？在這種狀態下還有可以加保的保險嗎？」

【心音淡雪．死亡】

答案如此顯示在畫面上。我就在此退場了。

話說回來，晴前輩今天的狀況是不是不太好啊？總覺得完全沒看到她有什麼亮眼的表現耶……

「啊。」

此時我恍然大悟。晴前輩無論是之前的開場即退場，還是剛才缺乏默契的表現，都可以和「運氣不好」這四個字掛鉤。

運氣不好——換個說法就是垃圾嘍囉般的運氣。而晴前輩的代名詞之一，便是在玩遊戲之際有著垃圾嘍囉般的運氣。

她每次鎖定角色抽轉蛋時，若是能在保底之前抽到一隻，就是堪比奇蹟的好運。這已經不是轉蛋，而是用抽到保底的錢去買角色了吧——她的垃圾嘍囉運氣甚至被觀眾們這麼調侃，並製造出無數笑料。

而從現在的狀況來看……豈不是說在名為密室狼人的舞台上，她也發揮了這種垃圾嘍囉般的運氣嗎？

「這是何等的垃圾嘍囉運氣！壓倒性的垃圾嘍囉運氣！折磨著晴前輩的神明大人究竟在耍什麼心機啦啊啊啊啊——！」

即便喊出內心的不甘，也沒辦法改變現狀。狼人剩下一人，玩家則仍有八人之多，這樣的局面實在過於絕望。

已經沒救了嗎？——我勉強把這句到口的話語嚥下肚。由於狼人在死後依然能夠進行妨礙，我打算透過這些手段協助晴前輩。

不過——和丟人現眼的我大相逕庭，在那之後的發展只能用勢如破竹來形容。

「這——」

晴前輩巧妙地操控角色，以大膽而纖細的手法接連殺害玩家們。

當然，她沒辦法徹底消除自己殺人後留下的蹤跡，也有不得不被列在犯人名單之中的時候。

不過，「一開始沒和我一起實行雙殺」的清白證明，就會在此時派上用場。

因為剩下一名狼人，殺害玩家的步調勢必也會慢上許多——晴前輩卻用上她的三寸不爛之舌，藉由吊死玩家來解決這樣的缺點，甚至細心地從小愛萊、詩音媽咪和小光這類需要警戒，或是擅長彙整資訊的人物開始殺起，完全是趕盡殺絕的態勢。

而最後的結果——

【狼人陣營・勝利】

畫面上確實顯示著這樣的文字。

「對不起咻瓦卿咿咿咿咿！」

周遭傳來的與其說是驚訝，不如說更接近讚嘆——至於拿下勝利的晴前輩一開口就是向我道歉。

「不不，那樣的狀況確實是無可奈何，所以我沒放在心上啦……但想不到您真的能贏……難道沒參與雙殺也是您刻意為之嗎？」

「才不是咧！我再怎麼厲害，也不想失去狼人同伴好嗎？妳要是去看我的存檔，就能看到心虛到差點哭出來的我了！」

「原、原來如此！」

「我是說真的！我在第一、二局都是一出場就掛點，還好沒在最後一局變成扯後腿的啊啊啊啊啊——！」

聽到晴前輩發自靈魂深處的吶喊，大家都很有默契地爆笑出聲並給予掌聲，Live-ON的全明星合作也就此劃下句點。

晴前輩在最後證明她能憑藉實力擺平垃圾嘍囉運氣呢。

閒話　心音淡雪回覆蜂蜜蛋糕

「各位晚安，今晚也是飄著美麗淡雪的好日子，我是Live-ON的三期生心音淡雪。那麼就按照原訂行程，開始回覆蜂蜜蛋糕嘍！」

在Live-ON成員齊聚一堂，做出熱鬧非凡的密室狼人直播後，如今已經過了一晚。

今天是大家再熟悉不過的蜂蜜蛋糕回覆直播。畢竟為了遵守狼人殺的遊戲規則，直播期間實在沒什麼和觀眾交流的機會呢。今晚就和一路支持至今的觀眾們交流，加深彼此的羈絆吧。

「呵呵，今天的我是沒喝醉的清秀模式呢！讓我透過回覆蜂蜜蛋糕，和怕寂寞的觀眾們好好地親熱一番嘍！如此這般（噗咻！）咕嘟咕嘟咕嘟，噗哈啊啊啊啊！好的，清秀模式結束啦！以為是小淡嗎？欸欸，你們以為今天來的是小淡嗎？真可惜，來的是小咻瓦啦！」

：我回去了。

：我也是。

：嘖！

：雞。

：可別把我惹火嘍。

：不不剛剛的留言是我留錯了我原本也是想咂舌絕對不是想寫下一字黃腔的意思。

：→草。

：一字黃腔（大家都懂）。

：誰理妳啊？

：去睡吧。

「那個，為什麼收看人數迅速減少了呢……？我都要難過得流下強〇之淚嘍……？」

：草。

：強〇之淚是什麼玩意兒？

：應該是指罐子上凝結的水滴吧？

：我回來了。

：開玩笑的啦～

「啊，大家接連回來了！真是的！你各位為什麼在這種時候才會這麼有默契啦！」

：噗嘻嘻www歹勢www

：和小咻瓦以前說過的一樣，看到喜歡的對象就會想捉弄她呢。

：沒錯沒錯。

「嗯？是、是喔？如果是這樣那就算了。嘻嘻嘻，首先從第一則蜂蜜蛋糕開始看起吧！」

@我摘不掉自己的乳頭。@

「不摘掉也沒關係啦你要什麼白痴寶啊——！」

：！？

：別突然嚇人啦（笑）。

：才第一則就來了個超級狗屎的發言笑死。

：我喜歡狗屎蜂蜜蛋糕——簡稱狗屎蛋糕這種徹底拋棄品行的風格。

：這也屬於「看到喜歡的對象就想捉弄她」的範疇嗎？

：正是如此。

：真的假的？我不當小有素的粉絲了。

〈相馬有素〉：為什麼是我遭殃是也？

：草。

：小有素也在看台呢。

「真是的，寫這種蜂蜜蛋糕的人到底腦子裡在想什麼呀？在我剛開始活動之際，這類內容頂多只占一成左右，但自從忘記關台之後，狗屎蛋糕的比例就提升到五成之多了！就是你們老愛在蜂蜜蛋糕裡寫些胡扯瞎說的玩意兒，我每次收到要打開來看的時候，都是懷著用蜂蜜蛋糕在玩俄羅斯輪盤的心情呀！」

：比喻得真妙。

：我這邊也是從井底打上來的水突然變成了強〇，所以我們半斤八兩啦！　¥5000

：別用比喻來打架啦。

：因為乳頭就是摘不下來啊又不能怪我！！

：小咻瓦妳看，看起來像是投稿者的觀眾生氣嘍。

「想生氣的是我才對啦你這白痴——！」

@怎麼還沒和星乃瑪娜合作呢？@

「這位喔……雖然看起來像是普通的蜂蜜蛋糕，但背後的意圖絕對和剛才那則一樣吧……我哪可能和她合作呀……」

：小瑪娜？

：真沒想到會在這裡提到星瑪娜的名字。

：至少看起來不像抱持純粹的好奇心提問的（笑）。

為什麼我會對這則蜂蜜蛋糕顯露出如此五味雜陳的反應？那是因為內容提到名為星乃瑪娜的人物。

小瑪娜雖然和我一樣是VTuber，但可說除此之外別無相似之處。

若要用一句話來形容小瑪娜，便是業界的傳奇人物。但凡是對VTuber稍有涉獵者，肯定聽過這個名字。

她是當晴前輩於Live-ON出道的很久之前——那甚至不算是Live-ON的黎明期，因為「箱」的概念尚未成立——在整個VTuber業界的黎明期誕生之人。

論起她的功績，就不得不提在以VTuber為業的人們仍屈指可數的那個時期，她在隸屬企業的協助下，投注莫大的熱情製作了許多獨特的活動影片，也可說是她開拓整個業界的。

沒過多久，只要提到V，小瑪娜便會成為最先被提到的名字之一。而她和在相同時期同樣大為活躍的三名V從此被稱為「VTuber四天王」，成了宛如星星般耀眼的存在。

更了不起的是，即使時至今日，她也依然活躍著。

小瑪娜總是走在第一線。由於像我們這樣以箱為單位活動的直播主們興盛了起來，她可能不再給人那麼獨樹一格的印象，但同行們肯定都視她為活生生的傳奇——說是奉為神明也不誇張。

即使是對於透過Live-ON愛上VTuber的我來說，她依舊是充滿魅力的存在。我當然曾像這則蜂蜜蛋糕的內容一樣，想像過向她提出合作或是見面的請求……

「但她是V業界的傳奇，我則是忘記關台界的傳奇啊……」

：**啊——……**

：**居然自虐了起來www**

：妳不也是超人氣直播主嗎！

：雖說是很有人氣啦，但小瑪娜是個偶像，想搭上線很難吧？

正如留言所說，小瑪娜的活動方針很有偶像風範，她也身體力行地展露出高度的專業意識。這和以渾沌與反差作為賣點的Live-ON可說是天差地別。

光是能和這樣的存在合作便是極為光榮的一件事。然而考慮到跨越這堵高牆的條件……

「唉，我應該沒那個條件去談合作吧。如果是晴前輩，說不定還有一絲機會呢。」

最後得出的答案就是這樣吧。老實說，她的存在實在過於崇高，所以我甚至沒有浮現遺憾的念頭。沒辦法、沒辦法，就讓這樣的念頭隨著強〇一同大口吞入腹中放水流吧！

@平常用的是哪一牌的化妝水？@

「沒錯！沒錯沒錯沒錯！我在等的就是這種蜂蜜蛋糕啦！」

：情緒突然高亢起來笑死。

：我正為正經的蜂蜜蛋糕內容感到困惑。

：妳有在用化妝水啊？

「當然有在用啊！我可是女生耶！我這就去拿過來……嘿咻。」

：要拿強〇對吧？我就知道。

：哦，是今天的第二罐嗎？

：要是拜託小淡去買水，總覺得她會自然而然地買強〇回來。

「我回來了——那個呀，我用的是名為IP*A的牌子。容器長得有些歪七扭八的。這個牌子應該挺有名的。」

：是那個啊！

：太好了，用的是正經的玩意兒。

：我上網查一下。

「寫下這則蜂蜜蛋糕的應該是女生吧？我的觀眾大多以男性居多，有這種提問真讓人開心呢。啊——還是說，最近男生也興起了使用化妝水的風潮？」

：妳在說什麼啊？當然是拿來喝吧？

：除了拿來喝之外別無用途。

：聽到了，我一定會買來喝的。

「咦？拿、拿來喝？喝化妝水嗎？」

〈相馬有素〉我已經下訂了五瓶是也。　￥4400

：看吧，已經有好幾個人表示不僅會拿來喝，還會拿去做其他用途了。

：別付情報費啦www

「咦咦咦……真的假的……這樣不會出事嗎？」

：被嚇到了笑死。

：反正現在都有洗髮精品茗家了。

：小咻瓦還敢說？妳要是得知真白白在用的化妝水肯定也會喝吧！

「好咧！那我下次就問真白白用哪個牌子的化妝水！糟糕，我興奮起來了！」

：咦咦咦……

：世界和平。

@差不多要正式入夏了，有外出的計畫嗎？@

「呵、呵、呵！欸——現在是宣傳時間！我明天竟然！要和小光線下約會去啦——！」

：竟然？

：¥2111

：和小咻瓦約會……得告訴小光戴上貞操帶是一種義務才行。

：居然是線下見面嗎？

：和小光約會……是打算前往非洲打敗獅子嗎？

「我們是要去買衣服，沒有要和獅子打架的行程啦！還有，這次強○會留下來看家，因此也沒有戴上貞操帶的必要！聽好嘍？要是戴上那種玩意兒，可就連幸運色狼事件都不會發生了，所以絕對不需要啦！」

：原來如此，是要去精品店經營的地下競技場和獅子戰鬥的意思。

：可以暫時先別提獅子了嗎？

：原來如此，是要和施紫先生戰鬥啊。

：施紫是誰啦？

：果然戴上貞操帶才是上上策吧？

：嗯——可是小咻瓦的唾液連金屬都能溶解，戴了也沒意義呢……

：是異形來著？

：異形ＶＳ終〇戰士ＶＳ小咻瓦ＶＳ目前一無所知的大〇洋。

：強〇要看家……那麼小咻瓦外出之際就是帶強〇散步的意思？

：帶　強　〇　散　步　！

「哎呀，我原本只是和小光互傳一些沒營養的話題。但當我提到『我沒幾件夏裝呢——』小光便給出類似『那就去買吧！』的回應。陽角真是行步如風呢……」

：小光就算在線下也是那種感覺嗎？

：然而即使同為陽角，恰咪大人的腳步卻是重得和艾爾斯岩一樣耶？

：因為那是內在為陰、外在為陽的特殊個體啊。

：是陰陽師來著？

：哪有這樣掐頭去尾的？（笑）

：小咻瓦沒有夏裝嗎？

「只有幾件勉強能換穿的……畢竟我的生活模式還滿繭居的，所以沒什麼穿出去的機會……況且以前也沒什麼錢……但今年的我不一樣了！我要好好享受日本的四季！」

在那之後，我在回覆蜂蜜蛋糕的同時，也和觀眾們討論起這次與小光約會的計畫。由於我想像的情境太像是處男的噁心妄想，招致許多嚴厲的吐槽，但這次的直播最後還是四平八穩地順利收場了。

真期待和小光的約會呢！

第二章 和小光約會

一如我在回覆蜂蜜蛋糕時所宣布的，我出門和小光約會了。

今天是約會歸來後的隔天。肌肉痠痛的雙腿雖然傳來「缺乏運動」的訊息，但我拚了命地視若無睹，並開始今天的直播。我會一邊回想當天發生的事，一邊向觀眾們說明，也就是所謂的回顧直播啦。

……下次認真地玩一下長生棒吧。

「各位晚安，今晚也是飄著美麗淡雪的好日子。我是超級清秀的心音淡雪。而這位是？」

「好光光！祭典的光芒招來人群！我是祭屋光的說說說說說說說！」

「總覺得小光今天的情緒比平時更加亢奮呢？我都覺得自己要被妳融化了——對不起，剛剛是胡謅的。一想到來的是情緒高昂的派對咖，我的內心深處就凍結了啊。」

「因為我今天稍微打了點保齡球呀！我已經熱身過了！」

「妳實在很像個派對咖呢，真不愧是小光。」

「才不是派對咖呢！我是一個人去的喔！」

「咦，一個人去？妳昨天不是已經和我走了那麼多路嗎？為什麼還要去？」

「最近棒球界的熱度很高，所以光想當職棒系VTuber嘛！」

「因此才去打保齡球…………關連在哪？」

「妳猜猜關連在哪呀——？」

好啦好啦，Live-ON今天也是一如以往地啟動啦。

聽了這段對話雖然讓人擔心小光是不是腦袋太過亢奮，但我不僅和小光來往已久，況且昨天還被她耍得團團轉。這裡就借用小光的說法，以友情之力或羈絆之力度過這關吧！

我和小光可是心心相印，絕對沒有不明白的事！

從棒球轉為保齡球……原來如此原來如此，我搞懂了。

「也就是說——」

「答錯了！」

「小光，在我心裡，這是一場妳我之間的友情大考驗喔。妳能不能設身處地想想，還沒回答便被妳一口否定的我是什麼樣的心情？」

「對不起，我想親自說明的慾望一口氣湧上心頭，所以一聽到妳開口就喊停了……」

「真是的，下次要好好忍住喔？」

「好——！」

「那我要猜嘍？也就是說，妳是打算鍛鍊慣用手才去打保齡球的！」

「答錯了！但其實有猜到一點喔！」

嗯，看來沒轍了。即使存在著友情，但不曉得的事情還是不曉得啊。畢竟Live-ON的大家都各自具備霄壤之別的常識，應該說光是有沾到一點邊，我就覺得自己值得被稱讚兩句了。

真是的，要是有人能和Live-ON的所有人順利溝通，絕對可以自稱是多國語言專家。Live-ON的環境說是一座地球村也不為過。

「那正確答案是什麼啊？」

「棒球是一種把球扔出去的競賽喔！換句話說，只要能把保齡球投出去，就能成為最強！球體愈大，實力愈強！我就是為了變強而練習的喔！」

「小光啊，棒球使用的球是有規範的喔。就連大〇桶（註：早期棒球漫畫《大飯桶》，作品裡存在著許多超乎常理的招式）都有好好地用正常的球來比賽啊。」

「這世上可是存在著能左右開弓，還能化不可能為可能的男人（註：指棒球選手大谷翔平）呀！只是把保齡球扔出去根本算不了什麼吧！」

「不可以啦。」

「不可以嗎？」

「不可以喔。」

「這樣啊！那就沒辦法了！不過打保齡球可以補充運動量，所以也沒關係啦！」

「妳能理解真是太好了。順帶一提，妳應該沒把沉重的保齡球當成棒球那樣投出去吧？這樣做可是會破壞場地的地板喔。」

「那種不守規矩的行為我才不會做呢！光是為正義而生的孩子，因此會嚴守規範喔！」

「那就請妳用普通的棒球練習吧。」

「光會以用棒球投出時速兩百公里為目標的！」

「妳的目標設得太高了啦，不能從一百左右開始往上加嗎？」

：好光光——！

：是雪祭組合！

：才剛開台，小光就閃閃發光了呢。

：如果是網球〇子，即使拿保齡球來打似乎也能過關。

：和在海上與海盜交戰相比，用保齡球根本是公平對決啊。

：（球）也太大了吧……

：我能預見捕手和主審像保齡球瓶一樣倒下的光景。

：主審「好球（全倒）！（自暴自棄）」

：主審感覺會把壞球喊成洗溝。

：不是打者出局而是投手出局。

：由於黏性物質規範，害我不能在比賽的時候偷擼了（哭）。

：請別從胯下產生黏性物質啦。

：各種層面上的死球。

小光真的是靠著滿腔熱血過活的孩子呢，人生哲學著實符合「橫衝直撞」這四個字。她能順利地成長為如此直率的孩子，簡直該稱作奇蹟。在Live-ON的成員當中，她是從來不開黃腔的一員，說不定可以算是治癒系的直播主。對於這段話的異議想必多如牛毛，我願意全盤接受。

「好啦，誠如之前宣布過的，我已經和小光出遊了一整天，因此今天的直播內容便是以回顧昨天的歷程為主。小光，今天也多多指教嘍。」

「我才要麻煩妳多多指教！」

由於發生了太多事，讓我不知道該從何說起……該從哪個部分開頭呢……

「哎，想知道各種細節的觀眾鐵定也相當多吧。那就從我們碰面之際開始鉅細靡遺地回顧嘍。」

「光可是沒時間活得像個慢郎中喔！」

「我明白了。如此這般，今天的直播到此為止。讓我們在下一個淡雪之日相見吧。」

「啊——啊——抱歉抱歉！我道歉。讓我們回顧當天的行程吧！」

和跟小恰咪一起去遊樂園玩的時候一樣，我們當下都是直呼彼此的本名。但因為在直播，所以就替換成我們作為直播主時的名字了。

當天，小光打算帶著對時尚不太瞭解的我去各家店舖打轉，於是我們便約在站前廣場會合。不過，在我抵達之前，小光已經出現在集合地點了。

即使隔著一段距離，我依舊能一眼認出她那彷彿將閃閃發亮的陽角印象化為外貌的打扮。還真是很早到呢。我雖然也提早十分鐘抵達……但她該不會已經等很久了吧？

我稍稍加快腳步。

「欸？她也太快察覺到我了吧？」

我和小光明明間隔著一段挺遠的距離，但她只花了短短一瞬間，就從人群當中認出作著老土打扮，彷彿要和背景融為一體的我，隨即用力揮著手朝我全速衝刺。

……她這樣稍微有些顯眼，不免讓我害臊了起來。這便是陰與陽之間的差異嗎？雖然沒有小恰咪那麼誇張，但我基本上是也被歸類在陰角的那一國。我真的有辦法平安度過接下來的約會行程嗎……？

「呀呵——小淡雪！等妳很久嘍！」

「小光，午安。真虧妳能從那麼遠的距離認出我呢。」

「因為我的視力很好呀！況且我可是有把重要同伴的長相記得一清二楚喔！」

「真厲害呢。妳似乎很早到……我該不會讓妳等很久了吧？」

「我只等了一個小時左右喔！」

「嗯，那似乎不是我的錯呢。這肯定是小光來得太早了！」

「因為我很期待，根本沒辦法待在家裡嘛！我剛剛也忙著進行工作上的聯絡，所以不是一直在枯等喔！還有，這也是為了不讓自己遲到喔！只要約定過便絕對不會背叛——這就是光的信念！」

個性看似正經卻又有點古怪的小光，開口就讓我大吃一驚。

儘管從她鑽研遊戲的態度便能略知一二，但小光不管做什麼事，都會呈現有些過火的傾向……下次約她時就多下點功夫，避免重蹈覆轍吧。

……一般來說，和朋友來往之際有必要制訂對策嗎？算、算了，還是別太放在心上。

「小光大概是那種遠足前一晚會睡不著的個性吧。昨晚睡得還好嗎？」

「我好好地睡了兩個小時，所以現在是萬無一失的狀態喔！」

「不不，太短了！妳這完全是睡眠不足的狀態吧？」

「嗯——沒這回事喔？光一直以來只要睡個兩小時便能睡得很飽。我想這應該是所謂的短眠體質吧！」

「咦？妳平常就是這樣嗎？那可真厲害……」

我雖然嘴上這麼說，但內心其實仍有些擔心。這樣身體會不會殘留著沒能化解的疲勞呀？

不過，倘若不具備某些異於常人的體質，想必沒辦法通關那些只能用苦行來形容的遊戲挑戰。以演藝人員的角度來看，這或許可以算是一種才能吧？

眼前的小光光是外表就散發著一種活力滿溢的氛圍，視她為晴前輩那種無法理解的天才型人物是不是比較妥當呢？

要是過度擔心而變得絮絮叨叨便有些本末倒置了，還是把她的行事風格當成一種個人特徵比較好吧。

「我還是第一次和小淡雪一同上街呢——！」

「是、是這樣沒錯。」

在碰面地點站著聊天終究不太妥當，於是我倆便在街上邁步而行。只不過——

好近！這孩子與人相處的距離實在太近了！

她以一副理所當然的態度挽著我的手臂，還經常將身子貼上來。由於我的個子較高，每次對話時都得朝著斜下方低頭，在超近距離看著小光的臉龐。

啊啊啊……人生迄今一直無緣交流的朝氣蓬勃陽角少女臉龐居然離我這麼近……這樣的初體驗讓我的腦袋都要變得一片混亂啦……

況且小光的服裝相當符合初夏氛圍，是露肩且略顯裸露的打扮，因此她健康的肌膚幾乎要顯露到隱密部位……

不行不行，要是太過在意，我便會因為腦袋過熱，引發和天氣無關的中暑症狀了。

「嗯——？小淡雪怎麼啦？妳的身子從剛剛就很僵硬喔？」

「哎呀——啊哈哈，我只是覺得我們看起來有點像情侶檔呢。沒事沒事，妳一直挨著我的身體，會不會很熱呀？」

「放心！光今天說什麼都要完成和小淡雪的購物任務！無論出現什麼樣的敵人，我都會保護好妳的！放心吧！」

看來她不僅打算當我的護花使者，還打算兼任保鏢，才會離我這麼近。

雖然覺得貼得這麼近反而不太好保護當事人……但還有更要緊的問題。

「我認為在日本這個國家裡，一般人需要保鏢的機會應該少之又少才對吧。」

「才沒這回事呢！說不定會有新型生命體偽裝成人類突然發難，也可能有比人類巨大許多的

地底昆蟲衝出巢穴大鬧，搞不好還會有外星人從天而降進行侵略不是嗎！」

「哪可能會有這些事……」

「輕敵可是大忌！這世上可是充斥著危險的事物喔！但妳不必擔心，今天有光在，我會讓小淡雪的身體在沒沾到一點指紋的狀態下乾乾淨淨地返家的！」

「真、真是謝謝妳……」

總覺得我的身上早就沾滿小光的指紋，不過在意的話就輸了。

即使聊著這些話題，小光依舊拽著我的身子前行。兩個女生挽手邁步的模樣吸引了周遭的視線，小光卻完全不把這些目光放在心上，專心當我的護花使者。

咦……這樣的狀況，不就是「老土女孩和友善的陽角女孩進行一場怦然心動的約會」這種尊貴度ＳＳＲ的情境嗎……？

「妳有想好今天要買哪種類型的衣服嗎？」

「沒耶～～我其實沒什麼想法，因為我對自己的時尚品味很沒自信……」

「原來如此！也就是說，妳有一顆能包容眾人意見的寬闊之心呢！真帥氣呀！」

「我不覺得自己有那麼偉大喔。」

感覺要是太過在乎這種奇蹟般的情境，我就會變得連話都說不好了。作為應對方案，我開始在腦海裡想些會讓自己消沉下來的事情，這才勉強維持住看似自然的態度。

淡雪，妳要冷靜啊。小光固然是充滿尊貴成分的好孩子，但妳又是如何呢？連強〇都沒有攝取的妳，不過是個會走路的空罐而已喔？開台時姑且不論，一旦來到戶外，妳就只是個路人角色喔？可別自以為是了！

呼，我果然還是適合在這種情境裡當個旁觀者。一想到自己是當事人，我的腦袋就突然變得極為清醒。

「那妳平常都是在哪買衣服的？好比說妳身上穿的這些？」

「我就連今天穿的這身衣服是在哪裡買的都忘了，基本上都是去Unishilo、CU或失夢樂一類的便宜服飾店隨便買些素色衣物。」

「這就是徹底抹除無用之物，藉此踏入某種境界的作法吧！實在是酷斃啦！」

「不不，別說踏入境界，我連一步都沒跨出去過呢……」

通盤肯定的小光那溫柔而寬闊的胸襟，讓我幾乎都要感激涕零了。

我今天穿的是不至於惹人側目的土氣白T恤和純黑寬口褲，就只有這樣而已。完全是注重機能的穿搭。

要是敢說「妳看起來像是遊〇王的光〇闇之龍（註：漫畫《遊戲王》的怪獸牌）呢」，我就把你的身體拆成一百份碎片，變成一輩子都無法解開封印的艾〇索迪亞（註：漫畫《遊戲王》的怪獸牌）。

抽牌！被封印者的左手小指！抽牌！被封印者的大腿後肌！抽牌！被封印者的被封印之物（黃腔）！這可是會讓人陷入想大喊「這種莫名其妙的牌是要我怎麼戰鬥啊？」的狀態喔。

然而老實說，我以前倒也不是對好看的衣服毫無興趣喔？也曾度過一段對美麗有所憧憬的學生時代。

不過隨著在畢業後進入黑心企業工作，我也在不知不覺間視活下去為第一要務了。我沒有能好好打扮的時間與金錢，最後甚至失去好好打扮的意義。

但現在的我已然脫胎換骨！今後想必也會因為參與企畫或出遊活動，增加和其他直播主成員在線下見面的機會。為了不在聚會時自慚形穢，至少也得湊出一套好看的行頭才行！

「小光和我不同，很會打扮呢。」

「真的嗎？謝謝妳——！但打扮也是滿花錢的……衣服這種東西一旦認真挑選，就得花費讓人大吃一驚的金額，這也是困難之處呢。」

「呵呵，我現在全身上下加起來，大概不用花到一萬圓吧。」

「真的嗎？果然一和設計扯上關係，即便外觀看起來大同小異，原料依舊大不相同呢……我光是內衣褲就差不多是這個價碼了……」

「哦、哦——是、是這麼回事呀。」

突然提到內衣褲的話題，讓我的心臟怦地狂跳了一下。

小光一直給人與性話題無緣的感覺，卻突然提到內衣褲話題，這樣的反差讓我心中忍不住有些小鹿亂撞。

不行不行，要是往這個方向去想，我的腦袋不就真的和沒經驗的男學生沒兩樣嗎？我可是個年輕女生，一聽到這點黃腔便心神不寧，之後肯定會被觀眾們嘲弄一番的。

內衣褲話題對我來說根本沒什麼！輕～輕～鬆～鬆～！

「我沒買過這麼昂貴的內衣褲呢。最近都是透過網購，大量購入便宜的成套內衣，實在羞於見人啊。」

「小淡雪，妳這樣可不行喔！所謂的氣質，就是從那些看不見的地方開始散發的喔！妳應該也清楚感受到光正散發著熾熱的鬥志吧？這即是證據喔！」

「嗯——……說不定……是這樣呢？」

「咦？妳的反應比我預期的還要冷淡耶？好奇怪喔～光明明穿著最愛的那一套……妳看！」

「欸？」

這麼說著的小光放開我的手臂，伸手環住我的後頸，讓我的臉孔湊到了胸口一帶。

接著，她用另一隻手的食指稍稍拉開胸口，只讓我看到內在美——

「————————」

「喏！我穿的這套很不錯吧！……欸，小淡雪？妳怎麼了？」

我感覺到意識正離我而去。但不可思議的是，我的腦袋裡洋溢著置身天國的幸福感。

就算當一輩子處男也無妨——因為我已經品嚐到如此極致的感動呀。

好啦，現在正是將這段話告訴全球同志的時候。

——內衣是紅色的。by濕打林——

「喂——？回——答——我——嘛——！」

——啊！

「小、小光？妳妳妳妳在做什麼呀？」

一度造訪天國旅遊好幾秒鐘的意識，在小光的呼喊下回到了現世。

我差點就不只是面紅耳赤，而是被噴出來的鼻血染紅整張臉了。

沒錯，彷彿小光那深紅色的胸罩一樣……胸罩……一……樣……

嗚喔喔喔喔喔喔喔喔！？！？

「真是的——妳的反應也太大了吧？也太奇怪了！女生之間做這種事不是很正常嗎？」

「是、是這樣說沒錯呢啊哈哈哈。是、是我反應過度了。」

真的嗎？對陽角女孩來說，這是很稀鬆平常的行為嗎？不是因為小光太沒戒心嗎？

啊，不行。我雖然盡力不讓自己對這樣的情境產生邪念，現在卻已經認定自己就是被陽角的熱情動搖心緒的土氣女孩角色了。

嗚嗚，該怎麼辦啦？我的臉頰到現在都還是燙的……

倘若這是一篇故事，我自然對這樣的發展感到喜聞樂見。然而當自己成為當事人，我就變得不知道該怎麼反應了。

「欸欸！光的決勝內衣好看嗎！光那顆熊熊燃燒的心靈有傳遞給妳嗎？」

「決、決勝內衣？」

在、在約會之際穿上決勝內衣，代表她已經將做那種事也納入考量之中了嗎？

怎麼辦……我沒有那種高檔貨，所以是穿著超便宜的玩意兒赴約的呀！早知道乾脆就別穿胸罩了！

不對，等等喔？既然小光不只穿上決勝內衣，還把全身行頭都打理了一番，那我是不是應該要全裸才配得上她呀？

對啦，正是這麼回事！要是有人對我全裸的模樣說三道四，只要回敬這麼一句就好：「我穿的是只有做足色情覺悟的人才看得到的衣服啦！」

全裸才是進行性行為的正式打扮！是周公之禮的禮服！好好遵守禮節吧！準備進行性行為的朋友們，別穿什麼衣服了！就循規蹈矩地脫光光約會去吧！

咦？若真是如此，那小光明明懷著想和我進行性行為的念頭，卻仍好端端地穿著服裝，這又是怎麼回事？這樣做豈不是違反禮節嗎？

不對，等等……現在的狀況之所以像是在測試一個人身為常人的常識，歸根究柢還是出在小光的決勝內衣──也就是衣服上頭。我是不是有哪裡搞錯了？

快想想啊。要成為遵循禮法的日本人，我得動腦思考才行。決勝內衣為何會存在？和一般內衣有何不同？

那是──為了展露自己的魅力而存在的。換句話說……和化妝是一樣的道理……？

「小光，我問妳喔。妳覺得時尚打扮和化妝是同一類行為嗎？」

「嗯？妳怎麼突然問這個問題？嗯……就為自己加分這點來說，應該是一樣的吧？」

「原來如此！」

我終於找到了正確答案。基於常識而言，全裸果然還是不對的。

這世上的時尚女孩們都是經歷這番深思才決定打扮自己的呢。真令人尊敬。

全裸究竟是不是一種正裝──不只是高中時代的我，就連現在的我也從未思考過這個問題。果然有好好打扮的女孩子才能走在尖端呢！

「因為這是光的戰鬥服嘛！無論是再怎麼邪惡的壞蛋，光都會打跑他們！」

「嗯？」

說著，小光在我身旁做起了揮拳訓練。

奇怪？她的反應是不是有點不對勁？

「那個——小光，我姑且問一下，妳覺得決勝內衣是要在什麼時候穿的？」

「嗯——？當然是要和人戰鬥的時候啦！畢竟那可是決勝內衣耶！」

「是物理方面的意思？還是肉體方面的意思？」

「？物理和肉體不是同一個意思嗎？」

糟糕，話題變得愈來愈錯綜複雜了。

對啦！這樣講說不定行得通！

「我要問的是——小光知道決勝內衣一詞的由來是什麼嗎？」

「嗯——？我聽朋友說過『若是到了重要的日子，就要用心穿上最喜歡的決勝內衣』！」

「啊——……原來如此。」

她這是照著字面意思解釋了何謂決勝內衣啊……

我這下總算明白對話銜接不上的理由。應該說，是我沒察覺到小光的理由與她的平時作風一致，這確實是我的不對。

她突如其來的舉動害我心跳加速，似乎也讓腦子變得不靈光了。

我懂了，要是繼續遭受她突襲（雖然對小光來說只是再尋常不過的舉動），我肯定會變得無法保持平常心。只能期望自己能不做出脫軌行為地讓這場約會順利結束了……

「好啦，第一間店馬上就要到啦！」

「哦，終於要開始購物了嗎！」

我循著小光手指的方向看去……隨即看到一間相當時髦的時裝店。

糟糕，我會不會因為看起來太過格格不入，招致店員的白眼啊？儘管知道鮮少會有人對我產生興趣，這種宛如被害妄想症的念頭卻仍是源源不絕。

「這裡是光的朋友工作的地方喔！況且對方還是少數知道光現在工作內容的摯友之一呢！」

「咦，居然是這樣？」

「嗯！雖然不是那種各類衣著都有販售的店，但小淡雪說過對這類店家不太熟悉，為了讓妳不那麼緊張，所以光第一間特別挑了有熟人的店舖喔！」

「小光……」

「等習慣這邊的氣氛之後，我們再去其他店家逛逛吧！」

這孩子也未免太溫柔了吧？她明明對人這麼溫柔，為何老是要求自己執行變態般的苦行呢？

雖然腦袋裡冒出了感動和疑問等形形色色的情緒，不過一言以蔽之——就是我想當她的媽咪。我想一輩子守住這種純粹的心願。

儘管腦海裡這麼想，但我當然不會說出口。我就這麼被小光拉著手臂，踏進店舖。

「打擾了——！」

「打、打擾了——」

「「歡迎光臨——！」」

推開店門後，幾名不僅外觀亮眼，就連嗓音都十分動聽的店員隨即朝我們看了過來。

而其中一名店員踩著略顯急促的步伐，來到我們身旁。

「嗨，藍子！我來嘍——！」

「光，歡迎光臨，等妳很久嘍。」

兩人看似融洽地打了招呼。她應該就是小光的摯友吧。

小光也習以為常般地向在遠處打量的另一名店員打招呼。從對方露出微笑的反應來看，小光似乎是這裡的常客。

而和小光閒聊幾句後，藍子小姐便轉身朝我看了過來。

雖說作為一名時裝店員是理所當然的，但她的全身上下確實打扮得無懈可擊。

「您是淡雪小姐對吧？光和我提過您，我是這裡的店員藍子。您一直對光照顧有加呢。」

「不、不會不會！應該說我才老是受她照顧……」

「真的嗎？只要稍微聊過，就能明白這孩子是個傻瓜吧？我可是每天都好擔心好擔心她會給公司添麻煩……」

「唔——！光才不是傻瓜！罵人傻瓜的才是傻瓜！」

「放心，光不是傻瓜，而是大傻瓜喔。」

「這不是一樣嗎——！」

「完全不一樣喔。後者聽起來更可愛喲。」

「是嗎？這樣啊！那就沒關係了！」

「嗯嗯，就是這樣！」

藍子小姐面帶微笑地安撫了小光，兩人的感情真的很好耶。

她不僅很有禮貌，還給人相當能幹的感覺，感覺又酷又帥氣呢！

雖然兩人的個性看起來相差甚遠，但說不定正因為大相逕庭，反而形成互補有無的關係吧。

呼哈哈哈！不過可別小看本淡雪的本事！積累許多經驗的我，多少還是知曉了和Live-ON往來的人一律不正經的真理！

儘管藍子小姐看起來認真又帥氣，但既然她會和小光打交道，代表她肯定深藏著糟糕的一面！

呵，既然能在事前先行得知這樣的資訊，我再怎樣都不會驚訝的。

放馬過來吧，藍子小姐！無論妳的癖性有多偏門，我都會全盤承受的！

「好耶！那就開始挑選適合小淡雪的衣服嘍——！」

「也對。淡雪小姐身材很好，感覺是個衣架子，我也很期待呢。」

「哪、哪裡……妳過獎了……」

我和兩人物色起店內的商品。

好啦，她們會先出什麼招呢？

「這是最近熱銷的款式喔。即使不將銷售熱度列入考量，也是設計得很好穿脫的類型，所以我很推薦喔。」

「原來如此……」

藍子小姐拿在手上的是看起來沒什麼古怪，帶點成熟風格的透氣上衣。

還沒到圖窮匕現的時候是吧？ＯＫ——ＯＫ——

「怎麼樣？您喜歡這種風格的服飾嗎？」

「呃……說不定喔？雖然不討厭，但我在穿搭方面完全是個菜鳥，所以想像不出自己穿上的樣子。」

「原來如此。若是這樣，我推薦您試穿看看喔。」

「啊，那就麻煩妳了。」

「好的。那我們先多挑幾件適合的衣物吧，這樣比較容易搭配出整體的風格或是混搭的感覺。」

「謝謝妳！」

「挑這件……還有這件好了。光！我帶她去試穿一輪，妳繼續幫忙挑衣服吧！」

「好——！」

我就這麼被帶到試衣間。

很好，她要出怪招的話，八成就是現在了。畢竟試衣間是個絕佳的場所啊。

「我會在外面等候。倘若尺寸不合，或是不曉得該怎麼穿，還請立刻和我說一聲喔。」

「好的！」

「那我先失陪了。」

「…………」

她、她走出去了。

咦？這樣好嗎？居然放過這種大好機會？身為Live-ON的一員，不趁這個機會胡搞瞎搞豈不是太浪費了？

算、算了。既然她不進來那也沒辦法，我就乖乖試穿吧。

我也設想過「脫下來的衣服在不知不覺間消失，一拉開試衣間門簾才發現藍子小姐不知為何換上我的衣服」的情境。然而豈只是衣服沒有被拿走，試衣間的門簾也絲毫沒有被人動過的痕跡。

這到底是怎麼回事？

在那之後，我試穿了一輪，看上其中幾件衣服，於是決定購入。

我今天原本就打算大買特買，出手大方些吧。

然而重點不在這裡——我終於察覺到一件不得了的大事。

藍子在那之後也對我提出了各式各樣的搭配建議，每種搭法都相當亮眼，讓我完全挑不出毛病。

這——難、難道說？

「還有這件也不錯……咦？您怎麼了？為什麼看起來像是驚訝得睜大雙眼？」

「是常識派……」

「什麼？」

「原來……這世界上真的有常識派啊……」

「……？不正是因為隨處可見，才會被稱為常識派嗎？」

不會錯的，這位女士有著貨真價實的常識。

太難以置信了……儘管只是間接相關，不過Live-ON裡居然有常識派……

「對不起，藍子小姐，我似乎被刻板印象誤導了。請容我向妳道歉。」

「……雖然不曉得淡雪小姐對我抱有什麼樣的期待，但無法回應您的期望真是深感抱歉。」

「不會不會！我反而為此感動不已呢！能讓我拍張照嗎？」

「……可以喔。」

「還有，能和妳握個手嗎？」

「……請。」

「太棒了——！居然能和有常識的人握手，對我來說簡直就像在作夢！」

「淡雪小姐。」

「嗯？」

「很抱歉光給您添了這麼多麻煩……」

「咦？光？為什麼會提到她？」

Live-ON的邏輯已經深深地汙染我的思路。

發掘出藍子小姐是個常識派這般驚人的事實後，我也逐漸習慣店裡時髦的氣氛，變得能放鬆下來閒聊幾句了。

我現在正和藍子小姐暢聊著與小光有關的話題。而當事人小光似乎為我的緊張情緒得以舒緩感到放心，於是便離開我倆身旁，與其他店員一同物色衣物。

藍子小姐據說是從高中時期就認識小光。對於不曉得小光過往的我來說，她講述的那些往事都讓我聽了嘖嘖稱奇。

我想說機會難得，於是便詢問一些感到在意的問題：

「藍子小姐對小光的印象是什麼？」

「印象嗎……嗯……討喜的傻瓜吧。」

「啊～我也覺得這樣的形容很適合耶。」

「都得歸功於她的個性呢。我能和她相處得如此融洽也是拜此之賜。」

「怎麼回事呢？」

「我……該怎麼說，是那種很難和人深交的個性，只要和別人維持著類似客人與店員間的淡淡之交即可──不如說我很擅長這樣的交流。但要是太過深入……我的內心深處就會懷疑對方別有用心，莫名地變得疑神疑鬼……這種個性很差勁呢。」

「……不會，我多少能明白那樣的想法。」

雖說有比重高低之分，但人愈是和他人的關係變得親密，就愈容易將自己的理想投映在對方身上──這種一廂情願的想法總是容易以壞結局收場。

因此也有些人反其道而行，選擇和他人保持適當距離以維護心靈的平靜。我認為這類人的數量其實意外地多。

「不過以光的情況來說，我打從一開始就知道她不可能會依循我的想法行動，也就是說──她可以說是隨時處於出乎我預料的狀態，這反倒令我寬心許多，讓我逐漸覺得她是個表裡如一的人呢。」

「啊哈哈……小光的行動確實難以預測……」

「起初我甚至冒出了『這女人是怎麼回事？』的念頭喔！剛上高中時，她剛好就坐我旁邊。輪到她自我介紹之際，她突然就說起了『我對普通人沒興趣』云云，開始一串長篇大論。後來我才知道她是刻意留下完全聽不進人話的糟糕印象，為的是以困難模式展開高中生活呢。」

「她念高中的時候就是個超級被虐狂了啊……」

「哎，但她很快便成了班上的風雲人物，只能說她真的很有本事呢。」

「藍子小姐則是被她的震撼力攻陷了對吧？」

「不不，我沒有被攻陷啦……和她變得要好倒是事實……」

藍子小姐講話的內容雖然像是在抱怨，臉上的表情卻充滿欣喜，語氣也像是在講述熟人的英勇事蹟般雀躍。

這種感覺真不錯啊，這才是女孩們之間的友情，讓人好生嚮往。希望我有朝一日也能和小光化解彼此的心防，變成像是這樣的關係。

「除此之外，我們有段時間一起到家庭餐廳打工。她才剛上工不久，就對店長高聲宣布『我會以成為三星主廚為目標！』讓店長相當頭痛呢。」

「在家庭餐廳這麼說嗎？」

「最後則是在畢業後好幾年，她突然打了電話過來說『我發現這世上最強的存在是物理攻擊無效的電子生命體，所以我要去當VTuber了！光不當人類啦！UREYYYY！』當下聽到這些話時，我真的是頭暈目眩呢。」

「她在玩魔狩時講的那些話原來是發自真心的啊……」

小光，妳的腦袋裡也是閃耀動人啊。

「還有，她基本上是個坦率又守約的孩子，但講給她聽的話幾乎都會被她曲解喔。」

「咦……？」

「這真的是一個不解之謎。光的腦袋裡似乎存在某種規則，無論聽到什麼話，都會被那項規則扭曲的樣子。」

「她的腦子裡莫非安裝了翻譯軟體不成？」

「就是這種感覺。舉例來說便是光的腦袋只能接受來自翻譯成光語言的訊息吧。」

「雖然剛剛有提到她不想當人類，但她該不會原本就不是人類？」

「然而神奇的是，即便解釋的方向不同，她最後給出的總會是世人能認可的成果呢。所以一旦習慣，便會覺得這種習性很可愛喔。」

「這、這樣啊……」

經她這麼一說，我才想到小光經常用少年漫畫般的方式思考。在幫我帶路的時候，她也嚷嚷著保鏢或是外敵之類的詞彙。

「還有，性方面的話題似乎加上了年齡限制，所以全部都被刪除掉的樣子。」

「原來如此，這就是她完全聽不懂相關話題的原因啊。」

「她的腦袋裡裝了雅〇Kids（註：「雅虎Kids」為日本雅虎開設的兒童用搜尋引擎）。」

「妳這話是不是酸得有點過頭了？」

「啊，被您發現啦。但也因為如此，光比我這種人還要具備更多優秀之處呢。」

「是這樣嗎？」

「是的。我從許多事蹟看出她有各種不為人知的才能，也確實對她的才能感到尊敬。比方說……光有著很好的美感喔。」

「喂——！我挑了幾件很帥氣的衣服嘍！」

「喏。」

聽到這聲呼喚，藍子小姐將頭轉了過去，我也循聲望去——發現小光不僅挑了上下成套的衣服，連飾品都幫我選好了。她雙手捧著大量的衣物飾品朝著我走來。

「看看這條刷破牛仔褲！是不是超級帥氣的？」

她特別推薦的，是一條破損得恰到好處的牛仔褲。由於裸露的部分不多，我應該也敢穿吧。

「上頭有傷痕……這肯定是沙場老將愛用的陳舊防具！」

「嗄？不不，這是在設計階段就打好洞的……」

「既然如此，上頭肯定附有攻擊力提升類別的技能！」

「等等，技能是什麼玩意兒？小光，妳追求的到底是什麼啦？」

「好啦，小淡雪，前往試衣間吧！」

「奇～怪～？」

「請慢走～♪」

在展露出百分百應酬笑容的藍子小姐的目送下，我被小光半強迫地拉進了試衣間。

這、這樣沒問題嗎？這孩子是不是憑藉著並非時尚的某種標準在挑衣服？她該不會以為這裡不是時裝店，而是ＲＰＧ裡的防具店吧？

雖然途中湧現不好的預感，但被推進試衣間的我，也只能乖乖更衣了。

就結論來說，那股不好的預感只是我在杞人憂天。

雖然不安的感覺流竄全身，但我還是換上了那套衣服。這算是龐克系嗎？我被打扮得像個全身散發酷炫氣息的時尚樂團女孩。

我不只覺得這身打扮不錯，甚至想直接買下整套。就連我也感受得到，能將這些看似古怪的

配件混搭出一致性的美感確實是異於常人。

這時，我回想起先前和藍子小姐的對話。

『這真的是一個不解之謎。光的腦袋裡似乎存在某種規則，無論聽到什麼話，都會被那項規則扭曲的樣子。』

原來如此。她剛才會說些陳舊防具一類的怪話，就是基於這個原因啊。

但她的美感確實優秀得讓人感到詫異……

「怎麼樣？是個很有趣的孩子吧？」

「嗯，確實如此。」

「她是我自豪的摯友呢。」

與依舊感到愕然的我恰成對比——這麼開口的藍子小姐展露出輝煌耀眼的笑容。

「買了好多喔——！」

「是呀，因為能讓小光幫忙的日子只有這一天，所以我從一開始就打算購入能度過這整個夏季的分量呢。」

「不用這麼急啦，光隨時都願意幫忙喔！」

「真的嗎？呵呵，那下次出來玩的時候，也一起購買小光想要的東西吧。」

「好耶好耶！要買什麼好咧——」

我的雙手提著在各店鋪購入的服飾，朝著車站走去。雖然小光先前自告奮勇要幫我拿行李，但已經受她諸多照顧的我自然是一口拒絕。

根據預定，等到抵達車站後，我們便要道別了。

話說回來，光是今天一天，就讓我見識到小光許多不為人知的一面呢。

以能加深交流這點來說，在線下見面或許真的是一項重要的活動。好期待日後開台回顧今天的行程啊。

此時，我突然想起和藍子小姐走出店鋪時進行的對話。

『今後也請您多多照顧光了。光雖然是個傻瓜，但我希望她能一直保持著耀眼的光芒。』

『我才要麻煩妳多照顧她呢！不過就算沒有我，小光也會一直維持著閃閃發亮的樣子吧。』

『不不，沒這回事喔。人總是需要與他人有所聯繫，光也不例外。她是個很重視義務的孩子，雖然是件好事，但這種特質有時也會化為沉重的負擔，屆時還請您在一旁支持她。』

『好的。畢竟對我來說，小光也是很重要的同伴嘛。呵呵，不過藍子小姐，妳的表現簡直就像是小光的媽媽耶。』

『什麼？請、請別說傻話了！我們是朋友啦！朋友！』

『喂——！妳們聊完了沒啊——？』

『啊，小光在叫我。那我走了，今天謝謝妳的幫忙。』

『真是的。啊，離開之前能和您交換一下聯絡方式嗎？如果光出了什麼狀況，或許會派上用場。』

『果然是藍子媽咪呢……』

『這位超媽咪，您剛才說了什麼嗎？』

『妳、妳為什麼會知道這個稱呼？』

『妳們兩個，快——點——啦——！』

最後在小光的催促下，我匆匆忙忙地和藍子小姐交換聯絡方式，前往下一間店鋪。

不過我仍有些掛心的部分。在叮嚀我支持小光之際，藍子小姐的字裡行間明顯帶有過來人的氣息。

難道她過去真的發生過什麼大事嗎？

小光不僅是個活潑、充滿活力和正義感的直腸子，也是集眾人寵愛於一身的存在。

和本性偏向陰沉的我相比，她理應具備能在這個世界大放異彩的才能呀……但藍子小姐和小光往來已久，想必是看到小光更加深層的部分吧。

……總覺得有點不甘心呢。我可是有著藍子小姐所沒有的「同行」和「同期」兩大優勢，總有一天，我也要變得能在她面前擺出對小光知之甚詳的架子！

「啊，那間店有賣泳裝耶！雖然已經入夏了，但光還沒去過海邊，不如趁現在買新的吧！欸，小淡雪，要不要去逛……但妳身上的行李好像有點太多了呢，抱歉……」

「不會不會，這點分量算不了什麼。我也有點好奇，一起去看看好了。」

「真的嗎？謝謝妳！那就稍微打擾店家逛一下嘍！」

小光小跑步地走進店家，我也跟在後頭。

海邊啊，我已經有好幾年沒去了呢。既然都決定要享受這個夏天了，今年買件泳裝去走一遭似乎也不錯。

……話說回來，店家裡果然多的是高裸露度的泳衣，我完全無法想像自己穿上去的模樣。比基尼泳衣的面積明明和內衣褲差不了多少，不過光是換個名字，就會變得願意穿給別人看，人類還真是單純的生物啊。

……由於提到裸露和海灘等字眼，讓我不禁聯想到某個紅色的全裸生物，但那個和未確認生物是差不多的玩意兒，所以不算數。

「欸欸，小淡雪，妳看這件！」

「嗯？怎麼了？……呃、咦？」

正當我一邊想著這些事情，一邊眺望泳裝之際，只見小光從店鋪深處拿了一件泳衣回到我身旁。

不過，看到那件泳衣的瞬間，我的腦袋有好幾秒鐘呈現無法理解的狀態。

那是黑色比基尼款式的泳衣——若只是如此，我至少還能理解為「有些性感的泳衣」。問題在於布料面積。

泳衣的胸部部分只勉強遮住了絕對不能給人看的部位，下半身則是丁字褲造型。與其說是泳裝，不如說只是幾根繩子而已。唯有胯下周遭勉強看得到一些布料。

這是——啊，我的腦袋總算是理解了。對啦，就我所知，這是所謂的超迷你比基尼，況且還是那種超過火的款式。

沒錯，不管怎麼想，這都不是會穿去一般海邊的泳衣。

「這套泳衣好厲害喔！這肯定是為了讓穿上去的人能游得更快，才會把布料縮減到極致吧！……奇怪？這個如果穿去游泳，不是一下子就會散掉了嗎？」

說著，小光將泳衣舉到自己的身前，開始比對自己的身形——

這、這、這、這孩子！

「喂喂喂喂——！快點住手——！」

我不禁拉開嗓門，從她的手中搶走泳衣。

我隱隱約約明白了藍子小姐要我「支持她」的箇中含意。

應該說，這間店為什麼會賣這種類型的泳衣啊……

「在那之後，我們折回車站，各自踏上了歸途。」

「哎呀～真是開心的一天耶！一定要再一起出去玩喔！下次要不要約三期生的大家一起出遊？」

「是個好點子呢，想必會很有趣吧。」

：貼貼。

：幹得好，多來一點。

：樂園就存在於此。

：小光的神祕規則實在是草到不行。

：小光規則！

：就像是中間明明算錯但答案正確的數學題一樣。

：快點讓小光的朋友A小姐出道啦。

在回顧途中，我雖然隱藏了藍子小姐的名字等不方便在直播上說出口的資訊，但應該有將當天的來龍去脈都分享給各位觀眾才對。

不僅買了很多好看的衣服，和小光的關係也跨出大大的一步。我感受著滿滿的充實感，結束今天的直播。

閒話　柳瀨恰咪回覆蜂蜜蛋糕❤

「晚安♡將大家帶往至高治癒之地的柳瀨恰咪姊姊來嘍。」

豔麗卻又不流於下流，宛如月光般纖細的嗓音穿透麥克風，傳進收聽直播的觀眾耳裡。一如招呼語所示，嗓音的主人名為柳瀨恰咪，是Live-ON的三期生。

她有著美麗的外貌和草包般的表現這樣的反差。而這樣的反差不僅能帶來笑點，也能引出她可愛的一面，甚或是顯露出噁心的樣貌——這瞬息萬變的開台風格正是她的特徵。

然而在瞬息萬變的同時，她的直播也經常失控。儘管包含了諸多要素，但最終都能歸納為草包二字，堪稱是畫龍點睛般的缺點。

雖然擁有散發著神祕危險氣息的美麗外觀，眾人卻也為她感到擔憂——「要是不當直播主，這孩子有辦法好好生活嗎？」就不同層面來說，她的內在確實也散發著危險性。

在所有Live-ON的直播主之中，她擁有格外死忠的粉絲，同時觀看人數的穩定度可說是首屈一指。今天也有許多觀眾前來收聽她的直播。

「我今天打算回覆蜂蜜蛋糕喔。呵呵，我每天真的都收到好幾則蜂蜜蛋糕耶？居然這麼想深入認識我，大家都是好孩子呢。」

：感謝回覆！

：妳真可愛。　￥610

：雖然差點反射性地吐槽，但目前還沒有能夠吐槽之處，真不可思議。

「那就先來讀第一則吧。」

@有好好為加濕器加水嗎？@

「這……我可以反問一句嗎……？加濕器本來就是要加水才能用的吧？」

：因為有人覺得小恰咪連理所當然的事情都做不到吧。

：草。

：咦，那個是要加水的嗎？不是按下開關就會自動加濕的機器嗎？

：機器的水是從哪來的啦？

：→這位仁兄似乎會相信水是自然產生的。

「哎呀，有人講話很沒禮貌呢！我可是對喉嚨的狀況格外敏感，為了保養喉嚨，所以平時都會好好加濕的喔？況且我還買了很高檔的加濕器呢，哼哼。」

：我就覺得小恰咪會很重視這方面。

：真不愧是聲音宅。

：抱歉，我原本以為她會在買加濕器的時候買錯，買成桑拿機。

：這位就好好道歉吧。

「應該說，我可是超級喜歡加濕器喔。畢竟它是能治癒我孤獨內心的存在嘛。」

：嗄？

：？

：咦？恰咪大人，您剛才說了什麼……？

「哎呀，大家難道不懂嗎？加濕器這種家電雖然多少有點差異，但我只要為水槽注水按下開關，便能每隔幾個小時聽到一次水槽水倒入接水盤的聲響嘍。聽到那個聲響，就會讓我萌生『今天也有努力工作，真可愛呀』的念頭呢。」

：？？

：妳是不是孤單過頭，開始把加濕器看成寵物了？

：草上加草。

：水雖然是加了，但用法太不對勁了吧！

：好想變成加濕器接受小恰咪的寵愛。

「咦——？喏，幫水槽加水時也會忍不住湧現暖心的感覺呢，大家應該都懂吧？」

：就說那不是在餵飼料了。

：哪會懂啦？

：朝著和小咻瓦完全不同的方向狂奔笑死。

：小咻瓦也有在用加濕器一類的玩意兒嗎？

：她似乎試著把強〇倒入水槽，結果把機器搞壞了。

：咦咦……

：為什麼要倒進去啊……

：她似乎想讓房間裡充斥著強〇的氣味，用鼻子攝取的樣子。

：把加濕器加死的女人。

：都是廠商沒有在注意事項加上「請勿倒入強〇」的錯。

：哪想得到會有人加那種東西進去啊？

「加濕器果然充滿了魅力呢！」

@小恰咪雖然給人隨和的印象，但最近有遇到什麼生氣的事嗎？@

「嗯——這個嘛，首先我想聽到的形容不是隨和，而是落落大方呢。」

：好好好。

：就是說呢。

：恰咪大人超～大方～

「大家是不是都在把我當傻瓜呀？算、算了，這個嘛……啊，有喔，我最近有發過脾氣！那真的是無法饒恕！」

：哦，意外。

：是真的在生氣的聲調呢。

：居然能惹怒小恰咪，是發生什麼事了？

「那個呀。當天我為了探究更高品質的ASMR，在YouTube上不斷聆聽著許多人的ASMR影片呢。而在聆聽好一陣子之後，雖說是為了探究品質，但耳朵還是感受到幸福的感覺，睡意也隨之湧上。就在這時……那傢伙出現了。」

：那傢伙？

：是什麼事啊？

：緊張緊張。

「我想讓大家也體驗一下當時的衝擊，所以大家也想像一下自己處於昏昏欲睡並聆聽ASMR的情境吧。我這就重現當時的ASMR台詞。」

：歐K。

：好——

「好了嗎？那就開始嘍。咳咳！」

恰咪先清了清嗓子，隨即朗誦起當時的台詞：

「怎麼樣？會痛嗎？我還是第一次幫人掏耳朵耶——……嗚嗚，有點怕怕的……嗯？很舒服？那就好。嘻嘻……嗯——我有點怕黑呢，你的耳洞黑漆漆的，看不太清楚……啊，對了，我可以戴眼鏡嗎？嗯，眼鏡。我的視力沒有很差啦，但在家裡做細活的時候還是會戴。可以嗎？謝謝。嗯，那我就戴上眼鏡樂〇卡片俠俠俠俠俠俠俠俠（註：典出日本「樂天國際銀行」的信用卡廣告台詞）！」

：花惹發？

：嚇死我了……

：怎麼突然叫那麼大聲？

：草www是廣告對吧www

：原來如此www

：出色的演技打賞。　¥10000

「對，就是廣告！真是的，我那時候戴著耳機，還把音量調得很大，所以當時真的被嚇到跳起來了！戴眼鏡是沒關係，但我可沒允許妳變身成樂〇卡片俠呀——！我就這樣氣急敗壞了好一陣子！」

：生氣的樣子真可愛。

：居然能用宛如複製貼上般的手法加以重現，真不愧是Live-ON。

：嗩嗩！情境語音！樂〇卡片俠幫你掏耳朵！

：別搞這種沒人會感到開心的影片啦。

：感覺挖出耳屎就會大喊「Clear」。

：感覺會一邊大喊「Goal——」一邊戳破耳膜。

：要判紅牌嘍！

「真的是希望他們別這樣！簡直是對我潑了盆冷水呢！嗩嗩！」

：嗩嗩個什麼勁啊？

：以宣傳來說不是超成功的嗎？

：畢竟重要的是留下深刻的印象呢。

「再聊下去只會愈講愈氣，所以不說了！來看下一則蜂蜜蛋糕啦！」

＠狼人殺辛苦了！可以的話想聽聽妳的感想！還有，超級期待妳和小愛萊的合作！＠

「謝謝你寫下這則蜂蜜蛋糕。狼人殺呀……我最近剛好想聊些感想呢！啊，但內容說不定會暴雷……真不好意思，若是有人沒看狼人殺直播又不喜歡暴雷，可以請你們自行靜音嗎？」

：放心吧！

：可以喔！

：**那次真的很神，大家都去看吧！**

「……嗯，那我要開始說嘍。老實說，我雖然玩得很開心，但那個遊戲對心臟真的很不好耶！看到第一局要當狼人的時候，我差點直接在螢幕面前昏過去了！為什麼偏偏在一開局就挑上我啦！」

：**我不要當狼人我不要當狼人啊啊啊啊我不要當狼人喔喔喔喔喔喔！？**

：**→重現小恰咪當時的反應有夠草。**

：**看到有人把剪輯的精華片段命名為「小恰咪當上了朝思暮想的狼人」害我大笑了一陣。**

：**所謂的朝思暮想到底是……**

：**居然大肆活躍了一番，在聽到她尖叫的時候想必沒人猜得到吧。**

：**比起她的活躍，組長最後的表現更是出人意表（笑）。**

「想不到我怕生的個性竟能派上用場。雖然對小光沒用就是了……因為小光實在是太過純真，耍弄手段反而會適得其反呢……但實際上，能被她察覺也讓我有些開心就是了，呵呵呵。而且我也和小愛萊變得更加要好，在結束的時候，我深深覺得能當一回狼人真是太好了。」

：**貼貼。**

：**只有一個人展開了超能力戰鬥真是笑死。**

：**辛苦了！　¥1000**

：我也期待妳和小愛萊的合作！

：組長真的表現了十足的組長風範。

「對了，合作！我們已經差不多敲定計畫嘍！我也很期待！……小愛萊真的很帥氣呢……呼啊啊～……」

：完全是墜入情網的聲音。

：咦，該不會是迷上她了吧？

：散發出危險的味道嘍w

「我、我才沒陷得那麼深呢！就算在合作當天，我也會以前輩的身分好好帶領她的！呵呵呵，說不定會是小愛萊先愛上我喔？」

：好的好的（笑）。

：居然近期就有機會看到合作直播了！太好了！

在那之後，恰咪雖然持續回覆蜂蜜蛋糕，但腦子裡想的都是和愛萊的合作內容。她就像是一朵謹慎地對未來抱持著期盼的花苞。

怕生的恰咪與後輩之間結下了良緣。恰咪是否能以前輩的身分和愛萊加深情誼呢？

在直播結束的隔天，愛萊和恰咪的線下合作日期便正式公布了——

小恰咪的樣子……

「……還沒開始嗎？」

現在是晚上十點，一般來說，這是我開直播的時間帶。我心神不寧地仰躺在棉被裡，在翻來覆去的同時緊張兮兮地凝視著手機畫面。

我今天並沒有告假，而是將原本的直播時段提前開始，得以在較早的時間點結束關台。

我這麼做的理由，便是顯示在手機螢幕上的小恰咪開台待機畫面。

直播的標題是「和小愛萊兩人的ASMR線下合作！」沒錯，兩人在玩狼人殺的時候說好的合作，如今終於要實現了。

那個怕生的小恰咪，居然主動鼓起勇氣邀約合作……我固然期待著小恰咪和後輩的線下互動，但也擔心著那個小恰咪會不會表現得像個天大的草包。為此感到憂心忡忡的我，說什麼都想即時觀看這場直播。

由於合作的內容也包括了ASMR環節，我好不容易才平復心緒鑽入被窩，戴上了耳機等待直播開始，但想當然耳連一絲睡意都沒有。總覺得劇烈的心跳聲都要傳進耳朵裡了。

這感覺就像是在運動會上遠眺孩子的母親。小還？那是別人家的孩子吧。

「唔！要開始了！」

畫面終於切換，要開始直播了。加油呀，小恰咪！我會幫妳打氣的！

「…………奇怪？」

兩人的化身明明都映在螢幕上，表情也一直有變化，卻不知為何聽不到任何聲音。

『啊，呃……』

難道——是器材出狀況了？還是YouTube老弟不舒服了？

雖說開場的狀況連我都不禁感到焦慮，但在聽到小愛萊的聲音後，我便稍稍放下心來。

她目前用的似乎不是ASMR的麥克風，而是普通的麥克風。

『呀、呀呵～大家～！過得好嗎～的喲～！讓大家久等了，我是愛萊動物園的苑風愛萊的喲！』

：組長！等您好久了！

：牙吼（呀呵）！

：牙吼，對於筆直地走在自己道上的組長來說，是再適合不過的招呼語了！我好感動。

：這是今天的保護費。　￥50000

：保護費笑死。

：還發什麼呆啊！你們也快繳錢啊！不然會被丟去餵獅子的！

：本人明明沒有開口催促，觀眾們卻逕自形成了神祕的超留文化。超級喜歡超留金額拔得頭籌的組長。

由於是極為罕見的合作，今天的同時觀看人數也爬升到相當驚人的數字。這人數之多甚至能讓當事人感到壓力十足。

所幸小愛萊是個相當機靈的人才，小恰咪就交給妳照顧啦！

我交握著雙手許願，等待小恰咪正式登場……奇怪？怎麼突然又變回無言的空間了？

『……那個～恰咪前輩？差不多要麻煩您打招呼的喲～！說起來，原本預定的流程是由前輩先打招呼的喲～』

：小恰咪——？

：還是一如往常的怕生笑死。

：今天也一樣恰咪呢。

：果然和後輩首次線下連動會很緊張吧。

：園長快幫她一把！

『不不，我想前輩並不是怕生……』

看著聊天室的留言，我在恍然大悟的同時也感到憂心。但從小愛萊的反應來看，狀況似乎並不是怕生那麼簡單。

『那個，恰咪前輩？已經開始直播了，麻煩您打招呼的喲～』

『小愛萊好帥喔……』

『呃，現在不是說這種話的時候……』

…………嗯嗯？

『恰咪前輩，請您打招呼吧。』

『叫我恰咪吧？我想要妳直呼我的名字。』

『不不，這樣稱呼前輩實在是太冒犯的喲……您這熾熱的視線也讓我很困擾……還有，我希望您能好好聽我說話，和大家打招呼的喲……』

『嗯嗯嗯～～小愛萊～～』

『那個，您抱住我也會讓我很頭痛的喲……』

嗯嗯嗯嗯嗯！？

：花惹發？

：欸？

：發生什麼事了？

：這哪門子的發展？

：實在太出乎意料了。

無論是聊天室還是我，腦袋都因為過於驚訝而來不及理解現狀。

來整頓一下現況吧。兩人這次的首度合作是以狼人殺為契機，而且還約好透過線下相見的形式開台。而在開始直播後，那個理應超級怕生的小恰咪卻莫名地沒和大家打招呼，還對小愛萊發出心蕩神馳的嗓音撒嬌並抱了上去，至於小愛萊則是露出近似苦笑的反應。

——不不，就算整頓完還是莫名其妙啊！

糟糕，這可不是開玩笑的，我是真的陷入混亂了。原本心神不寧的身體，此時也徹底鎮靜了下來。

沒過多久，如同瀑布般的冷汗便從全身上下一股腦兒地冒出。身體明明被棉被包覆，體內深處卻噴出了源源不絕的寒氣。

拚命想逃避這股寒氣的我勉強動起手指，在聊天室裡輸入了訊息。

〈心音淡雪〉：妳們SEX了嗎？

『就只有這檔事沒發生過，您大可放心的喲～』

：小淡雪……

：原以為是冰屬性，但其實是草屬性的女人。

：是暴〇王（註：電玩遊戲「精靈寶可夢」的暴雪王同時具備草屬性和冰屬性）對吧？

：什麼啊，原來沒做喔……

聽到小愛萊冷靜的吐槽雖然讓我稍感放心，不過最大的謎團——小恰咪為何會變成這副德性——依舊沒能解開。

到底發生什麼事了……？

『啊，小淡雪！欸欸，妳聽我說！我呀，已經是小愛萊的女人了呢！』

『恰咪前輩？』

我這回風馳電掣地動起了手指。這副模樣宛如智慧型手機版本的閃光指壓師（Shining Finger）（註：典出電玩遊戲「命運石之門」桐生萌郁的外號，有著極快的手機打字速度。「Shining Finger」則出自動畫「機動武鬥傳G鋼彈」主角座機「閃光鋼彈」的必殺技）。

〈心音淡雪〉：可以預約吸奶玩法嗎？

：別講這種充滿先見之明的話啦。

：已經以懷孕作為前提了笑死。

：才剛丟完火焰直球，下一球就丟變化球，妳是讓人懷念的垃圾羅賓（註：典出網頁小遊戲「小熊維尼全壘打大賽」最終頭目「羅賓」在日本的暱稱。羅賓能投出之前關卡的所有魔球，有極高的挑戰難度）嗎？

〈彩真白〉：雖然不曉得是小淡還是小咻瓦，但總之先冷靜冷靜！

「啊！」

對、對啦，今天的我應該是站在遠處守候的立場啊！我明明就沒喝醉，怎麼會變成放棄動腦、滿口黃腔的狀態啊！

我最近也慢慢察覺到，我只要一遇到出乎意料的狀況，就有著切換成小咻瓦性格逃避現實的壞習慣，得多加留意才行。

〈祭屋光〉：小恰咪變成小愛萊的女人了？怎麼回事？

啊，連小光都在看啊。三期生到齊了。果然大家都很擔心小恰咪呢。

『那個，成為女人云云該說是誤會一場吧……恰咪前輩，麻煩您好好向大家說明來龍去脈的喲～』

『也是呢……起因是那場大家一起參加的密室狼人。』

小恰咪像是在細細回味重要的回憶似的娓娓道來：

『我和小愛萊雙雙成了狼人……雖然最終以敗北收場，但我明明就是個大草包，小愛萊還是直到最後一刻都將我視為重要的夥伴，這讓我非常開心。』

原來如此，到這邊為止都能讓人心服口服呢。正因為小恰咪以此為契機，主動邀請了小愛萊進行線下合作，受到感動的我才會出現在這裡。

『然後呀，在結束那次的狼人殺之後，只要一想到小愛萊，我就會莫名地心跳加速呢。我起初以為是在為線下合作感到緊張……但其實今天在見到小愛萊的時候曾發生一件事，我就是在那時有所察覺的。』

『啊，您要說那件事的喲？』

『那還用說！聽我說喔，我原本擔心小愛萊會找不到我家，所以我們約好了在最接近的車站碰面，再把她帶到我家。我因為深怕自己遲到，於是早早就出門，落得在站前廣場一個人呆站的結果……而或許是看到我一副無所事事的模樣，有個男人就這麼過來搭訕我了……』

啊啊啊……我完全能在腦海裡還原那樣的光景……小恰咪乍看之下有著成熟的容貌，但由於缺乏戒心，似乎經常被人搭訕或是搭話。

『我平常遇到這種狀況都是拔腿就跑，但當時差不多是小愛萊抵達的時間，所以我也不能離開現場。在極度混亂之下，我表現得手忙腳亂……男人似乎覺得我是那種可以霸王硬上弓的類型，於是拽起了我的手，我那時的腦袋都變得一片空白了。』

『那、那個～我想觀眾們應該都猜到了後面的爆點，是不是可以講到這裡就停了的喲～？』

『妳在說什麼呀？接下來才是精彩鏡頭呢！大家聽我說聽我說！在那個時候，有一名女子輕巧地來到我身旁，拉住了我的手、環住了我的胸，然後這麼開口——』

『啊、啊……你們通通給老子把耳朵割掉！這是組長命令啊啊啊！』

『「抱歉，她是我的女人。」——她是這麼說的喔！』

『啊啊啊啊啊啊——！我沒說！我絕對沒用那麼帥氣的聲音說出那麼噁心的話！』

『妳說了！而且比我剛才講得還要帥上好幾千倍喔！』

哦哦，換句話說就是這麼回事吧？

〈心音淡雪〉：這與我和強〇的相遇很相似呢！

：啥？

〈彩真白〉：啥？

：妳明明是個強〇卻把場子給冰結了，這不對吧！

：「明明是個強〇」是什麼鬼啦？（笑）

：小愛萊稍稍露出了組長的一面根本笑死。

〈心音淡雪〉：我今天明明就沒喝……

：妳沒喝還作出那種發言也太不妙了吧。

『老實說，我在那時候終於察覺到了。我的心跳之所以會跳得這麼快，就是因為我一直很想成為小愛萊的女人呢。』

『現在回想起來，約在車站見面真是一大失策……如果直接告訴我地址，恰咪前輩或許還不會變得這麼奇怪的喲……』

『呵呵呵，從搭訕男手裡拯救我的居然就是小愛萊，這肯定是命中注定呢。』

『不不，畢竟事情發生在碰面地點，而且從那種慌張失措的反應來看，我一看就能知道是恰咪前輩的喲……』

『嗯嗯嗯～我抱────！』

『快、快來人救救我的喲～』

：好可愛。

：恰咪大人超好搞定。

：不不，這單純是組長太帥了。

：要是遇上同樣的情境，我也會二話不說愛上她吧。

〈祭屋光〉：我懂我懂！總之兩人變得更要好了對吧！

『就是這樣～』

『不不，說是這樣說，但現在相處的距離感已經完全亂套的喲！這不是怕生的人在線下首次和人碰面時應該會有的距離感的喲～』

『確實是這樣沒錯呢……該怎麼說呢，總覺得小愛萊給我一種能包容一切的安心感呀，所以平時都不和人接觸的我，才會猛烈地湧上想和人親近的衝動嘛。』

『您就是這樣子，所以才會被說超好搞定的喲～』

『……不能緊抱住妳嗎？』

『嗚嗚……就算您露出那種眼神……好吧，只是抱抱的話倒是沒關係的喲。』

『好耶！』

：兩人很合得來呢。

：小愛萊真不愧是組長，胸襟就是寬闊。

：小愛萊的個人魅力逐漸曝光，讓我看得好開心。

：組長感覺將來會被人拿刀子刺呢，就各種層面來說……

〈心音淡雪〉：妳結婚了？居然和我以外的傢伙……

〈彩真白〉：小淡雖然一開始會給人安心感，但相處久了就會逐漸讓人萌生恐懼感吧？

〈心音淡雪〉：這話太過分了！

『那個呀，那都只是恰咪前輩自己在說而已，我既沒有結婚，也沒有和她交往的意思的喲！』

『嗯嗯，這樣就好。我只要能就近當個小愛萊的小弟或是心腹或是麥克風就可以嘍。』

『又說了些奇怪的話……我是真的搞不懂麥克風是什麼意思……真是的～！開場白太長了！差不多該進入今天的主題ASMR直播的喲～！』

說著，小愛萊硬是強行扭轉了話題的走向。

不過……在這種狀態下，真的有辦法正經地直播嗎……？

『喏，恰咪前輩！您今天應該要教導我ASMR的喲！請別一直抱著我，差不多該做準備的喲！』

『嗚嗚嗚……做好準備的話，妳會誇我嗎？』

『會會會，我會用力誇您好幾句的喲～所以請暫且忍耐的喲～』

『好……那我去拿器材過來。』

結果我擔心的事情並沒有成真，小愛萊以花言巧語將小恰咪操弄於掌心之中。這應對進退的功夫真了不起。

小恰咪啊，現在還有機會變回正經的直播喔！妳要好好幹啊！

：前輩和後輩的立場完全顛倒了嘛。

：感覺在對上小恰咪的時候，就算是小學生也能當前輩。

〈祭屋光〉：既然剛好有空檔，我就朝著廁所Let's Go！

：慢走——

：慢走——

：我也去個廁所吧。

：那我就去擼個一下吧。

：慢擼——別魚目混珠啦！

〈彩真白〉：小淡，謹言慎行有時候是很重要的喔。

〈心音淡雪〉：為什麼是對我說？

：小淡雪啊，喝醉了就閉嘴去廁所吧。

〈心音淡雪〉：所以為什麼把我說得像是犯了錯一樣？還有我沒醉啦！

『今天啊～預計會請前輩介紹超級專業的ASMR麥克風的喲～！這是名為仿真人頭麥克風的高檔貨，外觀是仿造人類頭部的黑色模型，模型的耳朵部位似乎附有收音麥克風的喲～！只要活用在耳邊細語的要領，就能營造出很有臨場感的ASMR呢！居然自行購入了如此昂貴的器材，可見恰咪前輩對聲音的講究程度真的是專業級的喲～！』

啊～記得上次打擾小恰咪家的時候，她對我展示的收藏品之中確實有這玩意兒呢。

不錯不錯，只要打造出讓小恰咪傳授ASMR奧義給小愛萊的走向，那企畫就能順利收場了！好啦，小恰咪，現在正是力挽狂瀾的關鍵時刻喔！

『啊，她回來了的喲！恰咪前輩，歡迎回……』

『窩揮來樂咬唉來（我回來了小愛萊）！窩賀哩準欸拗樂（我徹底準備好了）！』

『…………』

『唉吧咬唉來（來吧小愛萊）！窩凹用呃茲唉科轟歐哈哩天美呃嘿音呃（我要用這支麥克風

收下妳甜美的聲音了）！』

『嘶——……』

小恰咪踩著啪噠啪噠的步伐回來了。

但不知為何，她傳來的聲音與平時以Live-ON首屈一指的美麗嗓音和收音環境合而為一的天籟之聲恰成對比，像是嘴裡塞了某種東西——就連想聽清楚咬字發音都極為困難的渾濁之聲。

理應待在身旁知曉狀況的小愛萊，此時也是一語不發，只是傳來了深呼吸的聲音。

然而，對於在Live-ON這座魔窟裡待了將近一年、身心早已被汙染殆盡的我來說，光是這麼一點點的資訊提示，就足以完整預測出她現在身處的狀況了。

對，我不是在「猜測」，而是「完整預測」了整個狀況。

小恰咪……啊……怎麼會……小恰咪……

『咬唉來嗯摸樂（小愛萊怎麼了）！愛點用呃茲唉科轟（快點用這支麥克風）！用欸痕呃甕凹呃零欲咦（用嘴唇觸碰到的零距離）！啊歐龍呃恩甕按嘔內炎哦呃哼嗯嘔盎去（把喉嚨的振動和口內黏膜的聲音湊上去）！』

『……那個～各位，我能問你們一個問題嗎？』

『呼！呼！呼！呼！』

『理應去拿了麥克風的前輩，突然變成頭套黑絲襪且呼吸急促的變態女士，請問我這下該怎麼做才是正確答案的喲～？』

小恰咪咪咪咪咪——！

：草。

：小恰咪親自化身為麥克風了。

：原來是這麼回事www

：居然為了慾望不惜做到這種地步！

：總之對著後腦杓吐槽應該就行了吧？（笑）

這孩子真是個大傻瓜！為什麼在直播需要亡羊補牢的時候放縱起自己的慾望了！就算套了絲襪也不可能會被誤認為仿真麥克風吧！

『我說——恰咪前輩！請別做傻事了，該去準備麥克風了！快點把這雙絲襪脫掉的喲～！』

『嗚咕咕咕咕！咬唉來唔凹嗯絲啊啦（小愛萊不要扯絲襪啦）！哦欸被嗯要嗯（頭會被扯掉的）！欸厭成諳諳癌咬哈咪戹（會變成饅饅來（註：饅饅來（ゆっくり）為遊戲「東方Project」的衍生創作物，特徵為有著主要角色形象，卻只有圓滾滾頭顱的生物，如「饅饅來靈夢」等）小恰咪的）！』

〈祭屋光〉：好像很好玩耶！我也要用絲襪套頭和小恰咪拔河！

〈彩真白〉：那是正牌搞笑藝人才會玩的遊戲喔。

：持續更新V界底標的箱。

：說是專家，但似乎是搞笑方面的專家呢。

啵！

『好的，摘掉了！恰咪前輩，請反省一下！』

『呼……呼……小、小愛萊……』

『嗯？怎麼了的喲？』

『我、我很努力了，誇誇我。』

『宰了妳喔。』

『啊啊啊啊啊啊——！剛剛這銳利如刃的聲音好棒！請在我耳邊再說一次！』

『這傢伙真不妙……我已經想回家了的喲……喏，還不快去拿麥克風過來！應該說事已至此，我就陪您走這一趟的喲！』

為了讓企畫重回正軌，小愛萊和小恰咪暫時從螢幕前離場了。

我將安靜下來的直播放在一旁，仰望著天花板露出爽朗的笑容。

啊——這場直播沒救了！

『咦？這樣就可以開始ASMR的喲？』

『是呀，已經可以開始了。若是用平時的說話方式，有可能會讓觀眾們耳鳴，所以要壓低音量小聲說話喔。』

拜小愛萊一再壓制住險些失控的小恰咪之賜，兩人似乎總算順利將麥克風設置完成了。聲音和環境音在透過ASMR設備纖細處理後，傳進了我的耳朵之中。

一般來說，用這種麥克風演示的ASMR都會讓人閉上眼睛並放鬆心情聆聽，但唯獨在收聽這場直播時不得有絲毫的大意。要說理由的話嘛……

『啊——啊——聽得到嗎～？是愛萊園長的喲～』

『啊啊啊啊啊啊啊啊啊聽得到喔！這聲音穿透耳膜直達腦神經中樞聽得一清二楚喔喔喔喔喔喔喔喔——！』

『煩死人啦啊啊啊啊！請回想一下您剛才的發言的喲～！』

因為會發生這種狀況。

現在的小恰咪因為愛（？）上了小愛萊，完全陷入了迷妹狀態。她已經變成了行事完全無法預測的變態聲音宅草包女了。我得一直凝視著直播畫面，設想著她各種出乎意料的行徑。

：我耳鳴了。謝謝兩位的示範。

〈祭屋光〉：嚇我一跳……居然針對聽覺發起攻擊，小恰咪，妳還挺有一套的嘛！真帥氣呀！

：小恰咪的聲音雖然嚇到我了，但組長的低喃也把我嚇了一跳……我以為有人用刀子抵著我的背呢。

：背脊發寒的（恐怖）ASMR笑死。

：由於是治癒系的音質，所以更加可怕……小恰咪謝謝妳救我一命……

『為什麼聊天室裡和恰咪前輩站在同一陣線的人有這麼多呢？我真是一點也不明白的喲～』

『呼……呼……都是小愛萊不好喔？居然用那麼色的聲音引誘我……我要推倒妳了。』

『別看我這個樣子，我其實對肉搏戰滿有自信的。妳還是打算來硬的嗎？』

『也就是說，妳會主動推倒我對吧？麻煩責罵聲多一點！』

『妳以為是在點拉麵嗎……我已經想拿膠帶把這傢伙的嘴巴封起來的喲～！』

：沒錯沒錯！組長只是有一張壞人臉，不是壞人喔（註：典出漫畫《街角的魔族女孩》的對白「都是夏美子不好喔」……但其實原作並未出現過，此為同人創作的風潮下誕生的台詞）！

：居然說出了原作其實沒說的三大台詞之一。

：小愛萊擅長肉搏戰這點未免太過見解一致了笑死。

：我猜她會的不是防身術，而是街頭鬥毆吧。

：感覺會把對手的臉給塞進微波爐（註：典出電玩遊戲「人中之龍」主角桐生一馬對敵人使出的場地技巧）。

『糟糕了，我可不能顧著吐槽，得把話題拉回企畫上頭才行的喲……呃——那一開始先來試試咀嚼聲的喲～！恰咪前輩！麻煩您準備了的喲～！』

『包在我身上！我早就準備好合適的食物了！我馬上拿過來！』

『只有在這種時候才會這麼精明能幹，真是讓人頭痛的喲～……』

咀嚼聲啊。仔細想想，小恰咪好像偶爾也會這麼做，所以我應該也有聽過吧。

吃東西的聲音一旦被ASMR麥克風收音，就會變成相當性感的聲響呢。

一般來說，我應該會聽著變得臉紅心跳……但不可思議的是，我滿腦子只有不好的預感。

『我回來了！我拿過來嘍！來，是糯米糰子喔！』

『哦～原來如此！這似乎真的能發出好聽的聲音的喲～！』

『把這個湊近麥克風，試著細嚼慢嚥吧！』

『好的喲！那我開動了～』

小愛萊用嘴巴含住了糰子輕咬，隨即發出了難以形容的聲響，讓我下意識地臉紅起來。

由於是極為敏感的麥克風，如果發聲者的吃相不好，那粗魯的咀嚼聲也會原封不動地全數收音呢。

總算能看到比較像樣的ASMR了……就在我為此感動之際，邪惡魔爪卻再次逼近而來……

『呼！呼！嘶嚕！啊哈啊啊啊……！哈！哈！真受不了！』

〈心音淡雪〉：喂，那個暴露癖性的草包女給我閉嘴！這樣根本聽不見小愛萊嘴巴發出的聲音啦！

〈彩真白〉：氣急敗壞自稱清純次文化變態女好可怕。

：同期們對彼此發出了毫不留情的叫罵聲！

：居然在ASMR台叫人閉嘴笑死。

：好喜歡小恰咪喊著「真受不了！」的聲音。

一旁傳來的變態喘息聲讓我紅通通的臉龐登時轉為鐵青，於是我匆匆地寫下了留言。

「也、也對呢，小淡雪。要是小愛萊的咀嚼聲混入雜音，我也會很不高興的，所以我會按住妳明明是ASMR的指導方，就別干擾人家了啦……」

『瞭解的喲～！哈姆，嚼嚼……』

嘴巴拚命忍耐！小愛萊，麻煩再來一次！」

『————嗚！』

『……嗯呵呵，總覺得這樣做……還滿害羞的喲…………好的！我吃完了的喲～！已經可以把手放開的喲～』

『呼……呼……呼……呼……我說，小愛萊呀。』

『嗯？怎麼了的喲～？』

『…………要做嗎？♥』

『才不做咧？少看著後輩吃糰子的模樣發情啊混帳！』

『啊，剪片師在嗎？我想拚命重播剛才的片段，麻煩你們把小愛萊剛才咀嚼的部分剪輯下來喔！』

『啥？』

：包在我身上。

：居然還指定下單笑死。

〈祭屋光〉：吃東西的聲音會好聽嗎？為什麼啊？

〈彩真白〉：看到有人津津有味地吃東西，我們也會覺得很開心吧？就是這麼回事喔。

〈祭屋光〉：原來如此！

：真白白幹得好。

：最近真白白儼然成了三期生的監護人……

：真白媽咪？是我啊！讓我叭噗叭噗吧！

：媽咪真白！媽媽媽咪真白！媽媽媽媽媽媽媽……

而在咀嚼聲之後，這回輪到了心跳聲——

『呃，小愛萊，妳可以稍微把衣服敞開，把胸口貼在麥克風上試試嗎？』

『敞開衣服？咦？這不是要露出胸部了嗎的喲？您居然趁著直播之便性騷擾，真是個變態前輩！』

『聽我說，要是穿著衣服貼上去，就會把摩擦布料的雜音也收進去喔。我也沒有要妳把整個胸部都露出來，只要稍稍敞開衣服便行了。我會閉上眼睛的，可以嗎？』

『您……似乎沒有在說謊的喲。』

『如果問我想不想看小愛萊的胸部，那我當然是很想看，但我更想聽妳心臟的聲音！我想聽小愛萊還活著的證據呀！』

『您雙眼充血的模樣好可怕的喲……這究竟該說是聲音宅，還是重度聲響狂呢……』

『欸，快點啦！快點讓我聽聽小愛萊最重要的聲音嘛？』

『咦？好噁。』

小愛萊嘴上抱怨，但最後似乎還是下定了決心。我聽得到衣服摩擦的聲響。

僅限此時此刻，我湧上了想大力稱讚小恰咪的念頭。這得保密才行。

『那……我貼上去的喲。』

『嗯，麻煩妳了。』

在短暫的沉默後，迄今一直聽得見小愛萊說話聲的左耳，開始聽見了像是低音打擊樂般的沉悶「怦怦」聲。這股聲響雖然說不上沉穩，但光是聽了就不禁沉靜下來，這或許也是出於人類的本能吧。

心跳的節奏……有點快呢。

『嗚哇，心跳得好快，好害羞的喲……大概是因為我還不習慣，所以感到很緊張吧……』

『啊～超讚……小愛萊的心臟正努力地噗咻噗咻輸送血液，好可愛喔……』

『嗚？妳的反應真的很像個貨真價實的神經病耶？我的心臟差點都要停了的喲！』

：還好心跳聲和槍聲一點也不像。組長果然是個人類。

：我原本準備好「您的身體正在內鬥喔」的吐槽卻用不到，好可惜。

：**不是工作細胞而是攻堅細胞。　¥10000**

：感覺紅血球和白血球會無時無刻展開死鬥。

：分成紅組和白組啊……是運動會不成？

：在雙重意義上是一場血腥運動會啊。

：大家都不把園長當人看笑死。

：我把她視為恐怖的概念呢。

：在小恰咪作出神經病發言之後，小愛萊的心跳還真的停了一下，之後又突然加快根本笑死。

：一定是看到同類所以心神蕩漾了吧。

：不過老實說滿有鎮靜作用的。雖然老是被笑稱組長，但果然還是能從小愛萊身上感受到媽咪味。

：我一想到那對堪比乳牛的雙峰正貼在麥克風上就興奮起來了。

：既然那對雄偉的大小會發出這樣的音量，換成小真白的話肯定能聽得更清楚吧？

〈彩真白〉：啥？我記住你的名字了。

〈心音淡雪〉：真白白冷靜點……

〈祭屋光〉：我要配合心跳聲做伏地挺身啦——！

：別分別在聊天室和直播台製造地獄啦w

『已、已經可以了吧？我是真的很害羞，所以就到這裡為止的喲！』

『啊，怎麼這樣？我還想再聽個一百年的說！』

『我的心臟會先停掉啦！真是的！總覺得一直都是我在做害羞的事，這很不公平的喲！恰咪前輩也該做一次才對的喲！』

『咦咦？我也要做嗎？』

『您可是前輩，自然該對後輩以身作則的喲～』

『是可以啦……不過，現在做的話可能有點不太妙喔？』

『不妙？是什麼意思的喲？』

小恰咪沒回答這個問題，而是以熟門熟路的動作做好將胸部貼上麥克風的準備。

右耳隨即聽到了心跳聲。只不過……

咚咚咚咚咚咚咚咚咚咚咚咚咚咚！

『看吧？』

『咦？妳的心臟是住了Y*SHIKI（註：指日本樂團「X JAPAN」的團長兼鼓手YOSHIKI）嗎？』

「噗呼？」

像是敲打雙大鼓般的超快心跳聲和小愛萊忘了加上語尾的認真吐槽，讓我不禁爆笑出聲。

：草。　￥2000

：組長也喜歡*JAPAN，記錄記錄。

：身為動物園的園長，不用倉鼠的心跳聲一類的比喻可不行呀……

：感覺會在演唱會上用力甩頭。

：去和那些只是單純來聽ASMR的觀眾道歉一下啊？

：真不愧是用聲音SEX的魔術師。高手境界就是不同。

〈祭屋光〉：嘎啊啊啊啊我的手啊啊啊啊啊？

呃，是說這沒問題嗎？小恰咪會不會掛掉？

『我聽了小愛萊的心跳聲之後，整個人興奮起來了。我現在超想吐的。』

『請請請請冷靜下來呀恰咪前輩！您要是在直播裡嘔吐，就會變成淡雪前輩那種東東的喲！對了，快做深呼吸！慢慢吸！慢慢吐！』

〈心音淡雪〉：變成淡雪前輩……那種東東？那種東東……

〈彩真白〉：Don't草mind.

〈祭屋光〉：我已燃燒殆盡……變得一片白了（註：典出漫畫《小拳王》主角矢吹丈在故事最後留下的台詞）……

〈心音淡雪〉：喂喂。還有小光，妳從剛才怎麼就在做傻事……

：果然是Live-ON啊。

這場直播與其說是ASMR，更像是以ASMR為主題的搞笑短劇。

在那之後，小恰咪持續失控，將觀眾們和小愛萊都要得團團轉。

『那、那麼，今天安排的內容到此全部結束，接下來只剩下收尾的喲……這說不定是我頭一次經歷如此亂七八糟的直播的喲～！』

『求求您延長節目！看在您身為「園」長的份上！』

『……我覺得還是趁著恰咪前輩沒有出更多洋相之前快快收播比較好的喲～』

『欸，我剛剛講的諧音笑話很棒吧！誇我誇我！』

『真是的……好乖好乖……但不行的事情就是不行的喲～』

看來直播似乎要告一段落了。

要說這場直播最讓我留下深刻印象的，果然還是迄今從沒看過的——從頭到尾都情緒高昂的小恰咪吧。

要是沒在事前得知她是個重度聲音宅，那樣的表現肯定會讓人大喊一聲「妳哪位」吧？

在直播剛開始的階段，我一直將小恰咪失控的狀態視為一種危機，為此感到惴惴不安。但隨著直播的進展，我也變得會對小恰咪的表現露出會心一笑，這前後心境的變化之大真是不可思議。

那個小恰咪居然拋開了自己怕生和草包的一面，只顧著對眼前的小愛萊露出神魂顛倒的模樣。這樣的姿態固然新鮮，但同時也很有她的風格，讓我覺得這也是小恰咪的其中一面。

到了直播的後半段，我同樣以一介觀眾的身分參加了聊天室的互動，玩得相當開心。

在直播開始之前，我的心情就像是在遠處看著自己孩子參加運動會的家長，但我之所以能從中感受到溫馨之情，或許是因為這就像看到自己的孩子在胡鬧的同時表現得樂在其中，讓身為家長的我在露出「真受不了這孩子」的表情之餘，內心也湧現一陣欣喜的情境吧。

『哎喲~我不要關台啦~！讓我再多聽些小愛萊的聲音啦——！』

『啊，喂喂！不要把臉貼到我的肚子上的喲~！好、好難受……』

『嗚嘻嘻，這下子就能聽到小愛萊肚子裡的聲音……真、真受不了啊！』

『喂！原來這才是妳的目的啊！真受不了，看來有必要教訓一下的喲。』

『嗚嘰嘰嘰嘰？小愛萊！投降！我投降！』

『好的好的。真是的，要好好反省的喲？』

『呼、呼，我、我不認錯！』

『嗄？』

『我雖然喊了投降，但被小愛萊擒拿的感覺有點爽！再多教訓我一點！』

『這回是超級被虐狂的一面嗎？要是再增加更多屬性，觀眾們也會很困惑的喲～』

兩人又再次嬉鬧（？）了起來。

雖然這場直播都聚焦在小恰咪身上，但小愛萊也是功不可沒。

我每次觀看小愛萊參與的直播，都會覺得這孩子在直播方面的本領可謂出神入化。

剛開始之際，她雖然和我一樣在面對無從預測的小恰咪時露出了困惑的反應，但隨著時間經過，她便把「無從預測」轉化為直播的要素之一，將本應為普通ASMR的直播調整成笑鬧成分居多的節目。她不斷讓失控的小恰咪展露有趣的一面，自己則是固守著吐槽和主持的立場。

她在後半段也加大了吐槽的力道——其中最有名的莫過於那句Y*SHIKI了。而即便是在這樣的狀況下，她依然能游刃有餘地控制住整個場面。眼下的她甚至能將失控狀態的小恰咪玩弄於鼓掌之間，真是讓人害怕。

雖說有著不仔細觀察就無法察覺的部分，但同樣身為直播主，我其實是很尊敬她的。她似乎也逐漸成為四期生之中最有整合能力的人物，今後想必會在各方面肩負重任吧。

小恰咪肯定是在玩狼人殺的時候先一步察覺到這些看不見的部分，才會深深地受到吸引呢。不僅重視同伴，還很有包容力，更有著帥氣的一面——這些優點加起來實在是太犯規了。小愛萊是那種認識得愈深，就愈能感受到魅力的直播主啊。

不僅如此，每當拿出組長哏的時候，她總是能在摧毀園長人設的同時帶來諸多笑料。等將來受訪之際，我就拿自己讓組長覺醒一事向大家炫耀吧。

小愛萊就是被老夫摧毀的（註：典出前中日龍監督星野仙一訪談時的話語「中日選手就是被老夫提拔的。」後來在網路上成了想諷刺某人邀功時使用的成句）！

『那就容我重申一次，今天的直播即將結束，不過呢！居然！我接下來預計要在恰咪前輩的住處住一晚的喲～！……我果然還是回家好了的喲？』

『不行啦！小愛萊接下來要和我一起洗澡，還要一起睡覺呢！我們要加深彼此的愛情！深入開發彼此的耳朵！』

『我打算早早入睡，明天一大早就啟程返家的喲～』

『呵呵呵，今晚可不會讓妳睡喔？妳要先把我哄睡才行！』

『待在Live-ON，讓我深切明白了人類也是一種動物，真是耐人尋味的喲～那麼，下次見！

大家拜拜的喲～！』

『奶奶——！』

『恰咪前輩，您肯定是在想像等下洗澡的光景對吧？』

：奶奶——！

：我已經能想見小恰咪在下次直播時被大家調侃到翻過去的模樣了。

：總覺得這樣的小恰咪也很可愛。

：兩人的本性和外貌之間的反差都有夠大，若是對調化身還比較合拍一點笑死。

：組長，您路上小心呀……

即便沒有展露怕生的一面，小恰咪還是非常不會拿捏與他人相處的距離感。

真讓人在意這兩人今後的關係會有什麼樣的變化呢！

閒話　祭屋光回覆蜂蜜蛋糕

「好光光！祭典的光芒招來人群！我是祭屋光——！今天，我要先來回覆蜂蜜蛋糕嘍！」

：**好光光！**

：**情緒好高昂？**

：**是第一次來看台的仁兄嗎？小光一直都是這個樣子喔。**

嘹亮而活潑的嗓音——以無可挑剔的第一聲問候眾人開啟直播的，是Live-ON的三期生祭屋光。

若要用一個詞彙來形容她，那便是「名副其實」。她每天都會以像是舉辦祭典般的高亢情緒炒熱直播的氣氛，這樣的氛圍彷彿會傳染似的，就連觀眾們的情緒也會變得高昂起來。

乍看之下，這只是直播主應當具備的基本技能，但在實踐上實屬不易。如果只是做著表面功夫，那很快就會變得破綻百出。這可說是唯有個性表裡如一又積極努力的她才能實現的直播模式。

不過，倘若只是說明到這個部分，或許會讓人覺得她是在群魔亂舞的Live-ON之中的一股清流，為此，就再更加詳細地解說她的行事風格吧。

她有著表裡如一的個性，而且是個努力再努力再努力再努力再努力再努力再努力再努力再努力再努力再努力再努力再努力的女子。

她毫無疑問是Live-ON的一員。

@嘟嚕嚕嚕嚕嚕三「(」卍゜o゜)卍伊呀吼喔喔喔喔喔喔喔喔喔喔！d=(゜o゜)=b，請唸給我聽！@

「嘟嚕嚕嚕嚕嚕三「(」卍^o^)卍咿呀吼喔喔喔喔喔喔喔喔喔喔！d=(^o^)=b……咦，這樣就行了嗎？」

：好強啊啊啊啊啊！

：原來那些符號是唸得出來的喔……

：這樣就行了嗎？（出生入死無數次的強者）

：d=(゜o゜)=b←喜歡這裡。

@好在意妳在那場狼人殺是怎麼注意到小恰咪的。@

「嗯——？這則蜂蜜蛋糕也很難懂呢？因為小恰咪就在旁邊不是嗎？」

：這已經是那種沒有自覺的最強角色了吧。

：平時看似少根筋，但其實有好好看著重要事物的意思是吧？

：**反而是其他人看不見的小恰咪才奇怪。**

@如果要從Live-ON裡面挑一個人同居，會選誰呢？@

「所謂的同居，就是指一起住的意思對吧！我之前有學到喔！呃——該選誰好呢？感覺和大家住都會很開心呢。讓我想想……」

：**總覺得她還是沒理解同居的意思。**

：**因為她是個純真的孩子呀……**

：**這實際上是電車難題對吧？　¥1220**

：**笑死。**

「對啦！就從一期生開始依序想像吧！呃，這樣的話首先便是晴前輩吧。和晴前輩同居……感覺超有趣的！」

：**挺不錯的吧？**

：**感覺兩人挺投緣的。**

：**因為總覺得小光能自然而然地接納晴晴那莫名其妙的個性啊。**

：**但對方是老前輩，或許會相處得很拘謹。**

「啊——感覺有可能會相處得很拘謹呢……嗯，總之先繼續想像吧！接下來是二期生，所以從聖大人開始！」

：不行。

：會死。

：絕對不行。

：最糟糕的選擇。

：說起來她已經死會啦。

「咦——為什麼呀——？我覺得聖大人是個很風趣的人呀。雖然她常常會說些我聽不懂的話……不過，她既然已經有詩音前輩了，那應該是不行的吧。果然該讓這兩個人同居呢！既然如此，那二期生就挑貓魔前輩吧！因為貓魔前輩知道很多光不曉得的神級遊戲呢！同居起來感覺很棒！」

：神級遊戲……？

：看在熱愛苦行的小光眼裡，那些玩意兒居然是神級遊戲嗎……

：貓魔的話應該挺不錯的？

：感覺每天都會上演小光發自內心地享受貓魔推薦的劣質遊戲，讓貓魔困惑不已的戲碼。

￥5000

：總覺得挺可愛的。

：上次貓魔假借介紹名作之名，推薦了小光一部大爛片試圖整她，沒想到卻被反將一軍

（？）呢。

：總覺得會形成不可思議的默契。

「接下來是三期生，也就是同期呢！老實說我最喜歡同期了，所以誰都ＯＫ喔！」

：等等，有一個不行。

：妳忘記強〇的存在嘍。

：那傢伙也會害命啊。

：而且她還沒女友，所以是目前最糟糕的一個。

：別把小咻瓦當成危險人物看待啦www

「就是說呀！小淡雪是個超級好孩子喔！上次約會的時候，她也沒對我做奇怪的事呢！要是再說她壞話，光就要第一個跳出來反對嘍！」

：真的沒被做奇怪的事嗎？真的？

：總覺得她會乘小光一無所知之便偷渡些奇怪的知識。

：一副會趁機調教的樣子。

「調教……是指訓練馬兒的意思嗎？小淡雪才不會做那種事呢！就算同居了也會一起喝酒，一定會是很快樂的生活啦！」

：不不，不是那個意思……算了。

：好啦，小咻瓦是否能維持住這份信任呢？

：換成其他兩人的話就能放心了呢（笑）。

「真想每天輪流去三期生的家裡拜訪耶！最後是四期生……嗯——？該說是難以想像呢，還是說充滿了未知數呢……感覺好像能和小有素合得來喔？」

：確實。

：小還大概會想過著繭居生活卻天天被小光拉出房間。

：組長是最難想像的。她平常都是過著怎樣的生活啊？

：那當然是四處械鬥了。

：她之前也說過血腥味最能讓她靜下心呢。

：沒說過啦wwwwww

「唔嗯唔嗯，好——！總之要從裡面挑一個人對吧！光選擇的是！嘟嚕嚕嚕嚕嚕嚕嚕——嚕！是貓魔前輩！」

：喔喔！

：感覺摸起來很舒服。

：對貓魔來說成天感到困惑的日子要開始了。

「啊，也是呢，好在意貓魔前輩對和光同居一事有什麼看法呢！我試著傳個訊息問她吧！

『貓魔前輩！您想和光同居嗎？』嗯，這樣就行了！啊，傳到公開頻道去了。算了沒差。」

：咦咦？

：小光，要寫清楚前因後果啊！

：丟在公開頻道上豈不是很不妙嗎……

「嗚喔？好多人在頻道裡留言了？咦，小淡雪罵了一聲『妳這隻偷腥貓！』看起來很生氣的樣子？詩音前輩莫名地鼓掌叫好……啊，貓魔前輩難得地用動搖的語氣講話……」

：小淡，她打從一開始就不是妳的東西喔。

：果然不能和那傢伙同居啊。

：二期生都有歸宿，詩音媽咪也不禁微笑。

：貓魔要新增不幸屬性了，笑死我也。

：小光！說明一下前因後果啦！

「前因後果？啊！對喔！如果不說明一下的確是會看不懂呢，對不起！呃……………………嗯，這樣就好了！……啊，聊天室安靜下來了，太好了。」

：了不起。

：Live-ON今天依舊和平如常。

「呼……嚇死我了……呃，因為剛剛耗掉太多時間，所以蜂蜜蛋糕就回覆到這邊，要進入下一個環節嘍！」

在那之後，光一直到收播為止，都展露驚人的實力炒熱了直播的氣氛。

而在和觀眾道別關台後，她採取的下一個行動——是每天都會做的數據確認。

「呃，今天的狀況……嗯，果然和上個月相比，訂閱頻道的速度有稍微變慢一些呢。呃，同時觀看人數稍稍少了一點……嗚嘎啊啊啊！光！妳搞什麼鬼啊！唉，接下來去看看說特的狀況——喔，今天的追隨者增加了好多好多！嘻嘻，好耶好耶！大概是今天的推文有紅的關係吧。很好！明天也要照著這樣的步調讓大家開心！」

沒錯，祭屋光這位直播主比任何人都還要積極努力，無時無刻都走在努力的道路上——

「不過直播的成長速度還是不盡理想，看來光還是太嫩了呢！得再多努力一點才行！為了雇用我的Live-ON！也為了替我加油的觀眾們！大家看好了！光還會繼續努力的！為了不讓大家失望，我得更加更加——更加努力才行！」

她就這麼努力不懈，朝著看不到目標的前方邁進——

第四章

失控的小光

我來到了東京的某間工作室，這裡也是之前為晴前輩的演唱會練習舞蹈時所借用的場地。

我們三期生已經決定在一週年紀念直播時進行一項大型活動，現在正為其中的一環——四人合唱進行練習。

目前已經向觀眾們公布了一週年會進行合宿直播的訊息。眼見紀念日逐漸接近，我們的情緒也高昂了起來。

由於是全員一同參與，因此住在遠方的真白白今天也千里迢迢地來到了工作室。雖說表演的曲目皆是翻唱歌曲，不過我們也精挑細選，找出符合我們風格——能在四人一同歌唱時閃耀不已的歌單。到目前為止，準備工作可說是一帆風順。

接著則是正式練習。因為真白白幾乎只能抽出這一天到場練習，我們盡可能地多次排練，希望能在這天結束之前拿出讓自己滿意的成果……然而在這時卻出了點狀況。

我除了一些細節之外都沒有問題，要在今天達成目標並非難事。真白白也展露了她能從低音唱到高音的驚人音準——儘管尚有情感投注不足的課題需要克服，但她天資聰穎，應該很快就能獲得解決。至於小恰咪唱歌的音量雖低，但只要一想像小愛萊在一旁聆聽的情境，就能順利地引吭高歌。問題……出在小光身上。

當然，歌唱得是否好聽，並不是單就音感好壞或是發聲技巧便能一概而論的事。畢竟人類並非如此單純的生物，有些歌手即使會唱得稍微走音，或是不小心唱到破音，仍同樣唱得出扣人心弦的歌聲。要如何定義唱功的好壞，著實是一門大學問。

只不過，小光唱歌的方式……只要四人一同合唱，就會讓協調性不足的缺點大為突出。

她拚了命地唱歌，音量也無可挑剔，只是……她實在唱得太過賣力，要比喻的話，就是像個胡亂嘶吼的小學生。

無論是小光的個人段落，還是四人合唱的段落，都會聽出揮之不去的突兀感……雖說也有人提出意見，認為要將這部分納為Live-ON的特色，並修改原本的分配段落，小光卻第一個跳出來反對。

「我知道，我非常清楚……所以就直說吧！直接說光唱得很爛吧！大家齊聚一堂唱歌的機會相當罕見，也肯定能讓觀眾們大呼過癮。光不希望因為自己的過失搞砸這場活動！大家都抱持著期待，所以光必須回應他們！我會賭上性命加油的！」

如此表示的她，頑固地擺出了拒絕更動的態度。而我們也尊重光的想法，教導她放鬆喉嚨或是唱對音準等技巧。

老實說，回想起來，在唱Live Start的時候，她確實給人靠著氣勢蒙混過關的印象。由於Live Start是一首活潑的歌曲，所以當時還不成問題。但這次分配到的段落較多，而且也有抒情類的歌曲，因此她這樣的唱腔一定會過於顯眼。

小光在這之後持續練習，慢慢地出現了改善的徵兆。

「嗯，差不多該休息了。」

「嗯嗯！小真白，沒事的！光還能繼續練習！」

「就算小光沒事，咱們的喉嚨也會撐不住的。喏，大家喝點水吧。」

正如真白白所言，我們陪伴著努力練習的小光，如今已經過了很長一段時間。我和小恰咪也闔上了嘴巴，稍作休息。

「不過……光還沒拿出能讓自己滿意的成績……得更加提升自己，好讓觀眾們開心才行。」

「悶頭苦練可不是提升自己的捷徑喔。」

「小恰咪……或許是這樣沒錯啦……」

雖然一副難以接受的模樣，但小光還是休息了。看她平時的直播風格就能明白，她真的是個努力家呢。

「嗯——……是不是該找一位聲樂老師重新學習呢……呃，但現在才開始上課也太晚了，況且也沒時間呢……光還有時間練習嗎？呃——明天有工商委託，後天有重要的錄音工作和合作直播，以及為了大後天遊戲直播的事前準備——」

「等、等一下！」

聽到小光的自言自語，我連忙出聲搭話。咦？小光剛才都說了些什麼？

「哦？怎麼啦，小淡雪？」

「可以讓我看看妳的行程表嗎？」

「行程表？可以喔！」

小光將寫有今後行程表的智慧型手機遞給我看。

——這什麼跟什麼啊？

沒有、沒有、沒有。直到一週年紀念日當天為止，行程表上都沒有絲毫的空白。直播時間自不用說，就連準備工作的時間和運動時間都把行程表塞得滿滿的。勉強能看到的空白部分，是她短暫的睡眠時間。甚至上次小恰咪和小愛萊合作直播的時候，她似乎也特地將運動時間挪到那個時段的樣子。

……不對，整張表上只有一片特別長的空白時間。那是和我約會的日子。

她當天似乎也特地錯開了運動時間，然而那天約會的時程相當長。明明不是為了自己，但她明顯是為了那場約會更改了原本的行程。為此，她才會過著幾乎每天都在熬夜的生活。

「——妳這份行程表都沒被經紀人喊停過嗎？」

跑來窺探手機畫面的真白白和小恰咪，也同樣露出了退避三舍的反應。

「對呀對呀！在剛出道的時候我一交出行程表，經紀人就氣呼呼地說『絕對不行！』喔！但因為光也無法接受過於鬆散的行程表，所以我們聊了很多很多，妥協的結果就是現在的這份行程表嘍。嗚嘰嘰嘰嘰嘰嘰！」

「這還是妥協的結果……換句話說，一開始塞得比現在更滿啊……」

小光沒理會啞口無言的我們三人，看似不滿地嘟嚷道：

「一直到前陣子，我安排的行程都還沒什麼問題，最近經紀人卻老是說光把行程塞太滿了！」

聽到她這麼說，我便要光打開前陣子的行程表給我看。儘管行程依舊相當擁擠，但其中還是包含著少許的遊玩和自由時間。最近卻連這點閒暇都消失了。

在Live-ON的直播主之中，光接到工商委託的頻率相當高，因此我也想過她的生活理應繁忙無比，但沒想到會到這種地步——而不容遺忘的是，小光基本上都是做長時間的直播。

「……妳不覺得難受嗎？」

「難受？為什麼？光可是收到了觀眾們的鼓勵，甚至收到了他們的金錢耶？觀眾們就是光活著的意義，光還嫌現在不夠忙碌呢！光和大家不一樣，根本沒什麼厲害的才能，觀眾們既然願意支持這樣的我，那我就得更加努力才行呀！」

……她的這份決心，說不定蘊含著我必須以直播主身分好好受教的部分。

但這樣的行程表實在是……我看到大家露出嚴肅的神情，她們想必也有著一樣的想法吧。

「大家怎麼都露出一副苦瓜臉呀？光可是很強壯的，因此這種排程根本不痛不癢！光一路走來都沒出過事呢！所以說，我們趕快繼續練習吧！」

這時的我們還想不出該怎麼回應這樣的話語，只能努力阻止小光打算結束過於短暫的休息繼續練習的行為。

當然，看在我們眼裡，那樣的行程根本如同活生生的地獄——不過，一看到願意為此付出一切的小光露出生氣勃勃的笑容，我們就說不出話了。

到頭來，在練習時間結束之際，小光的唱功雖然有所改善，但依舊不到能讓所有人都點頭認同的水準。而小光也明顯地對自己的表現感到相當不滿。

不過，此時已是深夜時分。真白白今天似乎要去小恰咪家借宿的樣子。她不來我家雖然讓我有點失望，但真白白似乎察覺到了我的反應，對我這麼解釋「這次是為了三期生策劃的活動，所以不只是小淡而已，咱還想和三期生的所有人加深聯繫。活動當天預定會睡小光家，所以今天咱才會去小恰咪家借宿喔。」實在聽得我無地自容……

離開工作室後，大家各自踏上了歸途。

儘管練習已經結束，小光的言行卻遲遲在我的腦海裡揮之不去——

在那之後又過了三天——

「啊，是這裡呢。」

我造訪了小光居住的電梯大樓，按下電鈴。

我之所以會出現在這裡，得從三期生一同練習過後的隔天說起。

從工作室順利返家的我，在處理完當天的工作後便準備就寢。而在我滑著手機打算設定鬧鐘的時候，發現有人傳了私人訊息過來。

傳訊者是小光，內容簡單來說就是「我會在三天後的白天空出時間，希望小淡雪能來我家教我唱歌」。

我沒什麼理由拒絕，於是便答應下來。而今天就是說好的日子。

話說回來，我還是頭一次來到小光的家呢。意外的是，她只住在離我幾站遠的地方，這樣的近鄰關係讓我嚇了好大一跳。

……老實說，在看過小光那份密密麻麻的行程表後，我就一直擔心她會不會搞垮身體。

我今天的盤算也並非認真做唱歌的練習，反倒想壓低唱歌的頻率，打著講課的名義讓她好好休息。

為此，我事先調查過按摩一類的放鬆手法。小光或許會問我「怎麼不練習唱歌呢？」但若是真的被這樣懷疑，我也只能動用三寸不爛之舌勸她休息了。

就在我想到這裡的時候，她終於打開了家門。

——而我隨即明白了自己的愚蠢。

「憨、憨迎阿臨，咬淡雪……」

「！」

——我所設想的那些狀況，終究還是遠遠跟不上小光的思路。

小光她……把喉嚨操壞了。

由於不可能一直站在門前說話，我便應小光之邀走入屋內，並和她隔著餐桌坐了下來。

雖然腦袋還是一片混亂，但我至少得掌握住事情的前因後果。

「小光，妳……似乎不太好呢。聲音怎麼會沙啞成這個樣子？」

「辣個，嗯嗯！」

（光）憨、憨迎阿臨，
咬淡雪……

「啊，妳可以用手機筆談，別勉強自己。」

看到她光是出聲就痛得皺起臉龐的模樣，我連忙阻止她繼續說下去。看來即便只是正常講話，也並非僅止於聲音沙啞，而是會讓喉嚨疼痛的樣子。

小光對我露出了感到過意不去的神情，將雙手交握在眼前。接著她取出手機，開始輸入文字。

從見面至今，她一直沒有表現出平時那般活力十足的樣貌。雖然嘴角維持著上揚，但我一看就知道她只是在逞強而已。

小光似乎是輸入完畢了，只見她將手機的螢幕朝我轉了過來。

『在和大家練習之後，我一直沒辦法接受自己的表現，所以硬是擠出了時間，一邊處理雜事一邊利用空檔練唱。昨天的時候，我一想到小淡雪隔天會來我家，就忍不住在直播結束後一直練唱……結果今天一起床，喉嚨就死掉了。』

「死掉了……所以妳的喉嚨是到今天才開始痛的？」

『其實在和大家練習之後，就已經有一點痛了。但在今天之前，我只要忍住疼痛，即使開直播也不會發出太過沙啞的聲音，所以我以為不是什麼大事……對不起，我一直瞞著沒講。』

「也就是說，妳的喉嚨明明在痛，卻還是持續開台和唱歌對吧？妳為什麼要這麼勉強自己呢？」

回想起來，她那種粗暴的唱歌方式，肯定會對喉嚨帶來不小的負擔。由於她一直表現得很有活力，甚至打算縮減休息時間，我才沒能察覺到……然而就算我們的喉嚨沒事，但小光在那個時間點上就已經讓喉嚨累積了莫大的負荷。

不過照理來說，一般人都會讓喉嚨好好休息才對吧！為什麼她還要繼續練習下去……

即使聽到我下意識地加強了語氣詢問，小光的臉上依舊掛著笑容。她毫不猶豫地在手機上輸入文字，以一副理所當然的模樣將回答秀給我看。

『因為無法接受自己的表現啊。我覺得這樣沒辦法讓觀眾們開心，才會打算更加努力。』

「什麼叫無法接受……」

不惜為此操壞身體的小光，讓我感到吃驚萬分——但她又繼續輸入了起來。在看到她秀給我看的文字後，我已經超越了吃驚的情緒，直接說不出話來了。

『但我沒事的！光會努力的！所以讓我們開始練習吧！』

快點開始練習——換句話說，即便現況如此，小光也不打算停止練唱！

「唔！別說這種傻話了！今天不練習了！現在就去醫院看醫生！」

眼見小光執意做傻事，我不禁心頭火起，在拒絕她提議的同時站起身子。

「我聽說只要狀況不嚴重，喉嚨是可以治癒如初的。不過無論狀況如何，在喉嚨完全治好之前，妳都該暫時停止活動！」

說著，我抱著包包，做起再次外出的準備。就在我挪回視線，正打算催促小光也盡快出門的時候——我打從心底吃了一驚。

因為——那個小光今天首度收起了臉上的笑容，還像是見識到了世界末日似的，顯露出絕望的情緒……

「小、小光，妳怎麼了……？」

她一反常態的表情讓我大受衝擊。有那麼一瞬間，我甚至懷疑起眼前的人物是否真的是那個小光。

「停止活動……？辣是……勿能開台的咿思……？」

「是呀，開台自然是不可能的……妳喉嚨的狀況怎麼看都不是能以直播主身分活動的狀態，暫且安插一段長時間的靜養假期吧。至於休息的時間長短，我認為得參考醫生和Live-ON的意見再做決定就是了。」

「……辣蓋兩天？」

「哪可能這麼短呀？感覺一個月左右應該差不多吧。如果喉嚨的狀況不佳，那就得休息更久了。」

「我、我噗要！我噗要噗開台！」

「等等、小光？妳現在不能發出這麼大的聲音啦！」

我雖然只是講些再平常不過的道理，小光聽了卻猛力搖頭，甚至不顧喉嚨的痛楚大吼出聲，顯露出強烈的抗拒反應。

「一個月實在哎久了！我癌有好多工商委託和預定行程啊！欸有已經公布出去的消息呃！要是休息呃麼久，欸給很多人添麻煩的！對、對了！一週年紀念直播咬噁麼辦？」

「啊，一週年紀念啊……嗯，看來也得延期了呢。」

「才、才不能呃麼做！咿為一週年的日子就只有呃麼一天啊？噁麼可以因為光一個人延期呀！」

「……我知道了。那我先打給真白白和小恰咪，讓我們四個人一起商量吧。」

我不明白小光為何會抗拒到這種地步。我雖然能懂不想給別人添麻煩的心情，但無論怎麼想，在這種狀況下都只有休息到康復這個選項吧……

不過，眼下最要緊的還是安撫小光的情緒，我不能讓她再繼續傷害喉嚨了。看來得盡量揣摩她的心緒，再想出妥當的方案呢。

關於一週年紀念延期一事，小光反對的理由也不無道理。為此，同樣有必要聽聽小恰咪和真白白的意見。

只不過……

『一週年紀念勢必得延期了呢。小淡，現在立刻帶小光去醫院吧。』

『小光，別勉強自己……休息也是很重要的喔……』

我就知道是這種結果。

「好的，既然兩人都這麼說了，那妳就好好休息吧，小光？」

「嗚咕咕咕……」

「我們三個當然也想盛大地慶祝一週年，但要是在這個節骨眼上逞強，說不定會讓小光的聲音留下一輩子都無法痊癒的傷痕。比起沒辦法準時慶祝，這樣的狀況會更讓我們難受。」

「可是、可是……觀眾們都哎等我……」

唔嗯……想不到都說到這個份上了，她還完全不打算休息……看她的態度之頑固，真不曉得我們三個究竟要怎麼開口才有辦法說動她？

就在這個時候——

「我說什麼都不想讓觀眾們對我失望……」

聽到小光輕聲低喃的這句話，我這才恍然大悟——我似乎明白小光不惜糟蹋自己的健康也不肯停止活動的理由了。

原來如此……小光她……搞錯了很重要的事呢。

「咦……？」

我緩慢而溫柔地抱住了小光。

「小光，我說不定終於明白妳的想法了。」

看來小光誤會了一件事。而我雖然察覺到了這一點，說出口的語氣卻是溫柔得連我自己都不敢相信。

因為我肯定也一樣——曾有一段時期產生了相同的誤解。

「我懂，妳不願意輕率地休息對吧。要是沒能回應觀眾們的期待……然後讓他們感到失望——那真的會覺得很可怕呢。」

「啊……」

「一旦休息一段時間，是不是就會被他們忘記了呢？會不會摧毀他們心中的形象呢？一想到這裡——身體就會忍不住發顫對吧？」

「…………嗯。」

小光在點頭的同時，緩緩放鬆了原本僵硬的身子。或許是代她將腦海裡的思緒化為詞語的關係，小光似乎慢慢認為我能夠理解她了。

我們絕大部分的活動，都是有觀眾們的支持才得以成立的。為了獲得觀眾們的支持，我們都會做些能取悅觀眾們的直播，成為他們娛樂的來源。

說穿了，都是拜觀眾們所賜，直播主才能維持事業生命。對於靠著直播主身分餬口的我們來說尤其如此。也因此……看在我們的眼裡，觀眾們的存在可說是重要得無與倫比。

像是數字。一旦頻道的訂閱人數和同時觀看人數減少，就會讓我們感到極度焦慮，彷彿壽命減少了似的。所以說，我們絕對不能讓觀眾失望，得為觀眾們帶來更多更多的喜悅──這樣的念頭會在心中愈滾愈大。

小光是個努力家，而且努力到讓人覺得走火入魔的地步。由於這樣的念頭膨脹過度，讓她產生了一股使命感，認為自己說什麼都必須回應觀眾們的期待。

「想為了觀眾們努力──我認為這本身是一件好事。不過，現在的小光誤會了一件事。」

「……嗚！」

原本以為我有所理解，卻又反過來捅了她一刀──這樣的衝擊讓小光再次渾身使勁。

「欸什麼？欸了觀眾們努力嘔什麼噗對？噗重視觀眾的話，根本是勿及格的直播主呀！」

「的確呢，若是以直播主的立場這麼想，小光的論點確實是沒錯。不過，小光……妳有站在觀眾的立場思考過這件事嗎？」

「嗄？……呃麼咿思？」

「啊──……我換個說法好了。小光覺得觀眾們是基於什麼樣的理由，才會這麼地支持妳呢？」

「這……是因為直播讓啊們看得很開心？」

「嗯，這也是理由之一吧。不過，若是想知道更加根本的理由，就得朝著更深處挖掘才行。

持續支持我們這些直播主的觀眾們，是因為『喜歡』我們，才會這麼支持我們的。」

沒錯，這是現在說什麼都得傳遞給小光的訊息。

「除了戀愛那種情緒的喜歡之外，他們在前來觀賞的時候，也許是對著我們投以近似綜藝偶像的好感吧。不過，若是不喜歡我們，他們就不會浪費重要的時間前來觀看直播，甚至向我們贈送超留，又或是購買我們的相關商品吧？願意如此煞費苦心的人們……若是看到喜歡的人露出痛苦的模樣，哪還可能高興得起來呀！」

「——」

「就像小光感到快樂的時候會讓觀眾們開心那般，一旦小光變得難受，觀眾們也會感到痛苦的！如果是搞笑也就算了，但他們才不想看到自己推崇的偶像煎熬受苦的模樣！他們希望看到喜歡的人展露笑容！為了回應這份期待，我們才必須努力不懈地活動。然而……小光，妳現在為什麼會想做些讓觀眾們感到難過的舉動呢！」

「——」

「我想，確實是有些觀眾喜歡看妳做長時間直播的模樣，並會為此感到開心沒錯。但觀眾們才不想看到聲音沙啞的小光強忍疼痛地說話或唱歌的模樣！在工作室練習的時候，小光說過了『觀眾們就是光活著的意義』對吧？但也有觀眾拚了命地為小光加油打氣，將小光視為活著的意義呀！妳怎麼可以讓他們傷心難過呢！」

我愈講愈激動，到最後幾乎是連珠砲似的把話說完，但還是把想講的話都說給她聽了。

就在我調整著紊亂的呼吸之際，這回則是從手機傳來了真白和小恰咪的聲音。

『小淡說得對呢。還有，咱也有話要說。妳可別以為只是休息個一陣子，觀眾就會把推崇的偶像給忘個精光啊，小光的魅力可是非比尋常的呢。所以說，咱知道妳很害怕觀眾們對妳感到失望，但相信觀眾並好好休息，也是很重要的活動之一喔。』

『小光，我以前其實也是一樣喔。有好一段時間，我一直為自己的震撼力遠遠不如其他成員而感到苦惱。但到頭來，我沒必要勉強自己，好好地做自己反而才是最好的解方。我這麼做之後，不僅身上的壓力消失了，還變得會做些奇怪的事情。但觀眾們並沒有對我失望，反倒幫我加了更多的分數。努力和逞強雖然很像，但我認為兩者還是不一樣的喔。』

……嗯，看來凡是在這一行打滾的同行，都會抱持著類似的煩惱呢。我……在因為忘記關台而爆紅之前，也曾經怨天尤人過。

但只要持續進行活動——尤其是衝出人氣之後，在感到安心的同時，冷靜下來的腦袋也會隨之察覺真理，精神同樣會穩定下來。

然而小光不一樣——她是個很受歡迎的直播主。雖說只靠數字來判斷未免有失公允，但若將之視為一種指標，小光無疑已經取得了相當高的分數。

只是小光並沒有就此止步，即便她成了世界第一的直播主，想必也不會停下腳步。一旦粉絲增加，她就會為這些增加的粉絲努力努力再努力，跑著以身體極限為終點的馬拉松。

幸好我們這次能察覺到這一點，並及時阻止了小光。將觀眾擺在第一位並持續努力固然是小光的長處，但隨著活動時間拉長，她也逐漸搞錯了努力的方向。

我們的心思想必傳遞到了小光的心裡吧。只見她徹底放鬆全身的力氣，在露出反省神情的同時，將身子靠到了我身上。

「小光，我們該做的努力，是讓身體保持健康，以最佳狀態進行直播。所以說，我們去醫院吧？」

「嗯……對不起。」

如此這般，小光前往醫院檢查喉嚨。所幸狀況並不算嚴重。儘管如此，在與Live-ON商量後，最後還是設定了為期一個月的停止活動期間，一週年紀念直播也隨之延期——

在決定停止活動後，Live-ON隨即向我們三人道歉。

這麼看來，總是拚命將行程表塞得滿檔的小光和企圖阻止她的經紀人，似乎日日夜夜展開激烈的攻防。雖說經紀人迄今都守住了不至於弄壞身體的那條底線，但因為這次錯估了形勢而對我們深感抱歉的樣子。

但在聽過小光的解釋後，便能明白這次的事件並不單純是因為Live-ON管理不周而導致的。真沒想到，察覺到在行程表裡再加入歌唱練習一定會被經紀人喊停的小光，竟然選擇了隱忍不報。

這也代表她想多加練習，好讓一週年紀念呈現出最完美的表現，但這樣做終究是不對的。最後，小光也向她的專任經紀人道了歉，讓這件事有個圓滿的收場。

小光肯定也明白專任經紀人在得知此事後有多麼為她擔心。透過這次事件加深了彼此信任的兩人，肯定不會重蹈覆轍了。融洽的情誼是如此美麗。正因為是艱難的時刻，所以更要從中挖掘亮點。

對了對了，在小光停止活動的這段期間，其實還有另一件好消息。

「嗯——！（蹭蹭蹭蹭蹭）」

「啊哈哈！真是的，小光，妳的頭髮蹭得我好癢喔。」

原本就和我們關係很好的小光，如今變得更喜歡我們了。

經歷了這次事件，三期生全員的情誼又加深了一步，也因此，小光變得更加信任我們了……

或許是我想太多了吧，但總覺得她對我展露的信任之強，和在對待真白白或小恰咪的時候完全不同。

在停止活動後的第一個禮拜，小光因為過度自責，一直表現得很沒精神。

雖說這次的主要目的是治療喉嚨，但她原本就把行程表塞得太滿，所以我們也趁著這個機會要她好好休息。

由於怕她會沉迷於網路，在社交網站上的更新也被限制到最低限度。但看到小光沒精打采的模樣，我不禁擔心起她的身心都會變得一蹶不振。

在治療喉嚨的期間，我們避免直接通話。雖說有許多成員都透過傳訊息的方式為她加油打氣，但在這種時候，最需要的還是面對面的互動。為此，住得較近的我只要有空，每週都會抽出幾天去小光家遊玩。

在我沒空的日子裡，之前在約會時認識的藍子小姐似乎會前去照料她的樣子。而在我們的照顧下，小光也逐漸恢復了如同其名的明亮活力。

「真對不起。妳明明早一步警告我了，但我還是沒能及時阻止小光……」

由於交換過聯絡方式，我打了電話為這次的事件向她道歉。

「別這樣，請您不要道歉。是當時的我判斷有誤，您的處理方式才是正確的。畢竟我就算能用些小手段暫時制止光的行為，終究也還是不明白治本的方法。對光來說，她是真的很需要和淡雪小姐妳們進行真摯的交流呢。非常感謝您幫了我的摯友一把。」

「不會不會！請別這麼說！」

我明明是要道歉的，但最後反而受到了藍子小姐的感激。她肯定是真的很擔心小光吧。小光，妳有個很棒的朋友呢。

最後，我們向彼此低頭道謝，就此結束了通話，繼續和黏人的小光度過一天天的日子。

弄壞喉嚨的那天，是我直接和她見面的。或許是有了這一層的互動，所以她才會對我投注這麼深厚的好感……但我後來又發現了另一個問題——

糟糕，這孩子太有活力了！

老實說，她身上裝載的引擎真的和我完全不同。

雖說精神順利恢復了，但她總是感到無聊，所以我們會一起玩遊戲。而每當玩完一款遊戲，她就會換上另一款遊戲，然後又是下一款。在電玩時間告一段落後，只見她突然小跑步地離開現場，隨即又拿了撲克牌和桌遊找我一起玩。

這看不見盡頭的「和我玩」攻擊，讓我覺得自己就像個被好動孩子耍得團團轉的家長。我還記得自己在忘記關台的時候說過想當小光的媽咪，但怎麼樣也想不到會用這種方式實現心願啊……

這孩子之前還搬出了戰〇巨蛋（註：「戰鬥巨蛋」為使用乒乓球進行投球對戰的四人用攜帶型遊戲機，因當時廣告詞「超！-Exciting！」而在網路上小有名氣）和我玩呢。雖說已經打起精神，但喉嚨仍在治療階段。醫生最近已經允許她小聲講話，然而就算是在玩遊戲，也絕對不能讓她大聲喊叫。

在其中一方不能出聲的情況下，兩個人玩戰〇巨蛋的感覺就和玩空虛系遊戲（註：空虛系遊戲（虚無ゲー）為坊間玩家的一種分類，泛指遊玩卻無法得到任何收穫或樂趣的遊戲）沒什麼兩樣吧？不過，看到她睜著閃閃發亮的雙眼拿出遊戲機的模樣，我當然也不忍心拒絕就是了……

不過即使沒辦法出聲，小光只要是和我一起遊玩，無論是什麼遊戲都能玩得樂不可支。她經常緊緊抱住我或是用頭蹭著我的身體，藉以抒發內心的情感。

雖然多少有些吃不消，但我也為此感到開心，並漸漸產生了樂在其中的念頭——而我隨後察覺到了一件事。

咦？這根本不算是在好好休養吧？

透過玩樂恢復精神確實是好事一樁，但她是不是玩得太過頭啦？

雖說這確實有助於轉換心情，然而我原本以為休養應該是更為懶散且靜態的。

況且，我記得小光擁有短眠體質。這或許是體質方面的問題，不過就我而言，還是希望她能在休養期間好好地睡個長覺。

為此，我努力思考著該怎麼做才能讓小光以靜態的形式好好休息，然後便想起在小光操壞喉嚨的那天，我雖然準備了練唱的方法，但同時也打算幫她按摩一番。

我還記得當時做過的各種練習。而在我提議先試著按摩肩膀後，小光便面帶笑容地猛力點頭，同意讓我這麼做了。

「那我開始按嘍……啊——妳的肩膀很僵硬呢。」

「嗚！」

「啊，弄痛妳了嗎？要是因為疼痛而發出聲音，可能會對喉嚨帶來負擔呢。力道要不要輕一點？」

「……沒關係，這樣就好。」

「咦，真的嗎？……我知道了。那就算感覺到痛，也要小心別喊出聲音喔。」

於是我按起了她的肩膀。在按摩結束後，小光的臉龐像是充斥著熱氣似的變得紅通通的，還放鬆了全身上下的力道。

奇怪？放鬆身體我是還懂，但為什麼臉會這麼紅？難道是按起來很舒服嗎？雖然有一瞬間閃過了不安的念頭，我卻獲得了滿滿的好評。

當天晚上，小光似乎順利地深眠了一晚（這讓她大吃一驚），隔天精神飽滿到連自己都難以置信。

看來她之所以臉紅，單純只是很舒服的樣子。太好啦、太好啦。

而小光則是以此為契機，開始會找我為她按摩。

但我聽說天天按摩肩膀對身體也不是好事。在我詢問她想按摩哪個部位時，她的回答是出乎意料的「腳底」。

我原本以為她會回答腰部一類的部位，這意料之外的答案讓我有些困惑。然而為了小光，我依舊努力學習了按摩腳底穴道的手法。

「聽好嘍？按摩腳底穴道有可能會引發疼痛，為了保護妳的喉嚨，妳若是大聲吶喊，我就會立即收手喔！」

「嗯！拜託妳了……呼……呼……」

我開始按起了小光的腳底。小光為防萬一，正在用雙手緊緊堵住自己的嘴巴，忍耐著我的按摩。

……雖然現在提這個有些太晚了，不過小光的外貌完全就是陽角的化身。我原本以為一輩子都不會和這種類型的女子扯上關係，此時的我卻直接觸碰了她的腳——隨著按摩的進展，小光的臉龐又再次紅了起來，而且她為了不讓自己喊出聲音，還拚命用雙手按著嘴巴。

……雖然有種自己在做壞事的感覺，但為了重要的同期，我只能放空心緒，正經嚴肅地按摩到最後。

至於這次的結果——除了和上次一樣面紅耳赤之外，小光在放開雙手的時候，嘴角還流出了些許口水。

想不到她會覺得這麼舒服……我說不定有著按摩的天賦呢。

面對對自己的按摩手法產生自信，也變得樂此不疲的我，小光提出了下一項按摩的需求。她想要的是——

「我想要妳這樣做……」

「這……」

我看著她遞來的手機畫面，螢幕上顯示的是接受按摩者呈現趴睡的姿勢，按摩師則透過踩踏的方式進行治療——是一種奇怪的按摩手法。

呃，她說想要這樣做，代表小光要我踩踏她的背部對吧？這樣真的好嗎……

不，更重要的是——

「唔……之前按腳底的時候，我其實就有點擔心了。我畢竟還是個門外漢，所以不曉得有沒有辦法好好執行這種高難度的按摩。還是去專業的按摩店給師父治療會比較好吧？」

我雖然是抱持著純粹的念頭這麼問——

「……我想被小淡雪踩。」

「我這就好好地踐踏您一番。」

被小光在耳邊這麼一說，我在思考之前便脫口答應了。

小光，妳為什麼要突然說這麼煽情的話啦？

不、等等，快點冷靜下來。那可是純潔的小光啊，肯定沒有什麼弦外之音才對。

這只是在做按摩，是在做按摩！我只需要放空思緒，思考著該如何讓小光放鬆就行了！

我這麼叮嚀自己，又再次學習起按摩的技巧，並在幾天後付諸實行！

「嗯，用這個輔助的話，就可以支撐住我的身體了。那我要開始按嘍。」

「請多指教！呼！呼！呼！呼！」

我小心翼翼地下腳，不讓小光過度承擔自己的體重，開始了按摩的流程。

而在按摩結束之際——

「————————」

小光恬不知恥地伸出舌頭張開嘴巴，還幾乎翻著白眼露出了恍惚的神情……她居然露出了傳說中的啊嘿臉，而且不時抽搐著身子。

真難以置信……那個小光居然會陷入這樣的狀態……

「不會錯的……我是個按摩天才……」

察覺到自己深藏不露的才能後，我莫名地情緒高亢了起來——

犯人
※按摩的效果因人而異。

而這樣的日子又過了幾天。不知不覺間，小光的停止活動期也通過了折返點，回歸的時刻正逐漸接近。

今天去小光家玩的不是我，而是小恰咪。小恰咪在三期生群組聊天室裡得知我會去小光家玩後，便自告奮勇地表示要擔任小光的玩伴。

那個小恰咪居然敢毛遂自薦，看來她確實是很擔心小光呢。真白白似乎也想去，但住得實在太遠，因此只能望洋興嘆。

小恰咪應該差不多抵達了吧。呵呵呵，以小恰咪的個性來看，想必會被小光過剩的活力嚇得不知所措吧。

「嗯？」

思考著這些事的我一邊確認手機裡的行程表，正打算悠哉地度過這天的時候，小恰咪打電話過來了。

怎麼回事啊？

「喂——」

『小、小小小小小小淡雪！』

我還沒把「喂喂」兩字講完，就被小恰咪驚惶的語氣給打斷了。

「小、小恰咪，妳怎麼了？」

『妳、妳、為、為、為……』

「？」

『為什麼要把小光調教成一個超級受虐狂啦啊啊啊啊——？』

「——啥？」

話筒傳來了小恰咪的慘叫。

嗄？……嗯嗯？

…………

「啥啊啊啊啊啊啊——！？」

「那麼，小恰咪，麻煩妳解釋一下來龍去脈。」

「好的。我剛剛有點慌了，真是抱歉。」

「哼哼哼——♪」

我、小恰咪和小光正面對面地坐著。

小恰咪先前在電話裡大喊著「妳把小光調教成超級受虐狂」一類的怪話，但在那之後仍舊無法從混亂之中恢復過來，完全不是能正常對話的狀態。為此，我連忙動身前往小光家。

當我喘著氣抵達住處後，小光便以熱烈的擁抱歡迎著我的到來。在我出門的這段期間，小恰咪似乎也鎮靜了幾分，已經可以好好說話了。

即便如此，我和小恰咪之間仍是飄散著難以形容的不安氣氛，聽到小光興高采烈地哼著一週年紀念的歌曲，更是加深了我的不安。

她喉嚨的傷勢似乎已經恢復了九成左右，這固然讓我相當安心——

「呃，那我就從頭開始說了。」

「好的。」

「一如小淡雪知道的，我今天約好了要來作客，於是來到小光的住處。」

「嗯嗯。」

「然後呢，在她幫我開門，我也走進屋內後，小光突然對我擺出了類似M字開腿的姿勢，還對我說『小恰咪！和光一起使用空中颶〇射門（註：空中颶風射門出自漫畫《足球小將翼》立花兄弟的合作射門）吧！光負責當跳台！』呢。」

「能請妳依序說起嗎？」

「遺憾的是，以上的部分一刀未剪。」

看來在這次停止活動的期間，她又要增加新的傷口了。

「到底發生什麼事了……？」

「嗯，是呀，當然會是這種反應了。我也一樣。是說我根本不曉得那個空中飀〇射門是什麼東西呢。」

「小恰咪的確給人與足球無緣的印象呀。」

「哎，總之我繼續說下去了。小光似乎察覺到我沒接到這個哏，隨即擺出下跪的姿勢說道『小恰咪！等妳把鞋子脫了，能麻煩妳把腳放在光的頭上嗎！』」

「不不不，這才沒有繼續說下去呢。話題的進展就和小恰咪之前挑戰像創的迴路一樣，根本沒有接起來啊。」

「這部分也是一刀未剪喔。還有，妳是不是不動身色地酸了我一把……？」

這居然是一刀未剪嗎？完全搞不懂……空中飀〇射門還勉強算是小光會說出口的東西，但鞋子的部分真的讓人搞不懂……

「所以呢，我在這時也終於察覺到有些不對勁，於是連忙要小光解釋她為何想要我做這些事。」

「真是正確的行動呢。」

「然後她說是小淡雪的錯，於是我就打電話了。」

「為為為為為為什麼會變成這樣？這完全是子虛烏有！」

「哎，看來接下來讓小光來說明會比較好呢。」

小恰咪這麼搭話後，一直保持沉默的小光便像是終於等到時機似的開了口：

「那個呀！小淡雪幫光按摩過了對吧？」

「嗯，是這樣呢。」

「那個時候呀，在妳幫我按肩膀時，其實我是有點痛的。一直以來，光只要被人弄疼就會產生奇怪的反應，所以我一直都在避免這種事呢。」

「那時候果然是會痛呢，真抱歉……不過奇怪的反應是指？」

「嗯，該怎麼說……會有點癢癢的感覺，所以我不太喜歡。不過呢，小淡雪幫光按摩的時候，雖然有點痛又有點癢，但又覺得感覺還不錯，因此就讓妳繼續按了！嘻嘻，這一定是因為妳在光喉嚨痛又失控的時候出面阻止，光才會這麼信任妳呢！」

……………

「然後然後！讓妳繼續按下去沒多久，癢癢的感覺逐漸變成酥麻的感覺，最後則變成在體內各處迸出火花的感覺喔！這感覺超——舒服的呢！很不可思議對吧！」

……………

「而光實在沒辦法忘記這種感覺，按腳底穴道的時候又變得更加舒服。而被踩踏時除了肉體的疼痛之外，還加上了類似精神受辱的感覺，所以舒服過頭，害光的意識都走飛了！這讓光超級後悔，早知道會這麼舒服，光一直以來就不會避免這種事了！」

——在聽完這段陳述的同時，我回想起小光過去的言行。

小光確實是把行程塞得滿滿，這次則是唱歌努力過頭而操壞了喉嚨……但除此之外，她也經常在長時間的直播裡顯露出難受的模樣。

不對，不只如此。無論是沒達成條件不下播的企畫、宛如地獄一般的超瘋狂限制玩法，還是一般人聽了拔腿就跑的苦行，對小光來說往往都會產生「好開心」的反應。

啊，我總算明白了，這肯定就是小光這個女孩的本質——隱藏在身體深處、會讓痛楚轉為快樂的癖性花苞。

但迄今為止，她本人那名為直覺的抑制力察覺到——再繼續發展下去會很糟糕，因此在無意識之中阻止讓花苞成長下去。

然而——我卻搞砸了。由於信任度大幅提升，小光沒有選擇抑制力，而是選擇了我。我誤會自己是個按摩天才，在這朵花苞上持續澆水，最後讓它開花了。沒錯。花朵就這麼盛開了。

也就是說——

「所以呢！因為小恰咪今天來看光，光也很喜歡小恰咪，所以光就試著拜託她做些我想承受的事了！」

小光的——癖性（超級受虐狂）覺醒了——

「就是這麼回事。小淡雪，妳打算怎麼負責？」

「咦，這是我的錯嗎？我可是努力去學了按摩手法，還為她按摩一番呀？」

「對啊對啊！小淡雪才沒有錯！」

眼見小恰咪對我投來責難的目光，小光不僅出言袒護，還把身子挪到能遮蔽視線的位置。

「小光……也是呢！這是所謂的不可抗力對吧！」

「嗯！妳放心！光會保護淡雪的！小恰咪冷淡的視線也是光的東西喔！」

「……嗯？」

「來吧，小恰咪！再多用那種在上學路上看到躺在地上的蟬炸彈（註：蟬炸彈指的是日本夏末時，僅剩最後一口氣的蟬突然從仰躺的狀態翻轉身子，朝著人類飛撲而去的光景）般的嫌棄視線看光吧！」

「對不起，小光……真的很對不起……」

「奇、奇怪？為什麼小淡雪哭了？」

親眼看到以受虐為樂的小光，讓我也不得不承認——這和不可抗力云云毫無關係，完全是我的錯……應該說，就算我想逃避責任，罪惡感也不允許我這麼做。

「小淡雪，冷靜下來。我其實也沒有在生氣啦。」

「是、是這樣嗎，小恰咪？」

「畢竟小光看起來很開心，所以也算是好事一樁吧？應該說，我也沒什麼指責別人的立場……畢竟我最近失控的頻率有點高。」

「小、小恰咪！謝謝妳！」

好厲害！這世上居然存在著面對把同期調教成超級受虐狂的變態還能選擇縱容的人類！

我在致謝的同時閃過了這個念頭。但若是立場對調，我大概也會選擇縱容，所以就沒把這句話說出來了……

「沒錯！光呀！現在非——常地開心，身體也很輕鬆！以前的光總是過著一刻不得閒的生活，但在被小淡雪按摩的那一天，光感受到了前所未有的滿足感，而且還睡得好沉好沉，連我自己都嚇了一跳呢！」

「呼哈哈哈！怎麼樣啊，小恰咪！這就是天才按摩師淡雪的實力！」

「聊著聊著就得意忘形起來了……還有，妳才不是天才按摩師，而是天才虐待狂啦。」

「才、才不是虐待狂呢！我才沒有因為能踩踏小光而感到開心喔？」

「咦，是這樣嗎？我還以為這一切都在妳的盤算之中，下次就會讓小光舔妳的腳指呢。」

「我哪可能盤算這種事啊？要是這麼搞，小光的初吻豈不是要親在我的腳上了嗎！」

「呼啊啊啊？（抽搐抽搐！）」

「喂，小淡雪！都怪妳講了這種話，這不是害小光開心起來了嗎！」

「咦咦咦咦？剛剛那句話有哪裡會讓她發作了？我只是實話實說啊？」

「所以剛才是在無意識之中辦到的……我原本只是在開玩笑，但小淡雪說不定真的是天才虐待狂呢。」

「不不，我才沒那方面的興趣……」

說實話，那場按摩真的只是偶然的產物，就算向我要求虐待他人，我也只會感到頭痛……

「話說回來，我從現在就開始害怕小光重返直播的狀況了……小淡雪，妳偶爾要臭罵她幾句，滿足她的慾望喔。」

「妳為什麼把責任全推到我頭上啊？小恰咪也要一起喔！就讓大家見識我們同期的羈絆吧！」

「臭罵！臭罵很棒呢！試試看！應該說現在就罵光吧！」

看到小光一聽到臭罵兩字就上鉤的模樣，我和小恰咪不禁面面相覷。

老實說，臭罵同期是會讓我很難受的……但看到她像個在等待耶誕老人的孩子般，睜著充滿期待的閃亮雙眼，我終究不忍心一口回絕……

「先、先讓小恰咪開始罵吧！」

「咦咦咦？為什麼是我？」

「喏，先提到臭罵這兩個字的不就是小恰咪嗎？」

「怎麼這樣，我沒有罵過別人呀……呃、呃……」

「小恰咪，放馬過來！（興奮興奮）」

「小、小光是……笨、笨蛋！」

「妳是小學生喔？」

聽到這和臭罵差了十萬八千里的內容，讓我不禁吐槽起小恰咪。

真是的，這下子連小光都要失望嘍。

「呼……呼……！」

「奇怪？可是似乎滿有效的喔？」

「真的假的，這個超級受虐狂的ＣＰ值也太高了吧。」

小光，妳這樣就滿意了嗎……由於本性依然純真，加上才剛成為超級受虐狂，因此就算是超低水準的臭罵似乎也能讓她開心。

「喏、喏！接下來輪到小淡雪了！」

「小淡雪要罵我……呼……呼……！（興奮興奮）」

「啊，呃——我想想喔……」

我拚命地動腦思考——只不過……

糟糕，我什麼都想不到！

應該說，要是咒罵小光這種良善的化身，我的良心是會隱隱作痛的！

該怎麼說……這算是一種偏見嗎？總覺得一般的受虐狂角色都會具備值得被臭罵的缺點呢。這麼好的孩子為何偏偏成了超級受虐狂？

該怎麼說……啊，乾脆就這樣講算了！

「小光妳是……變、變態！」

「哎呀，變態有什麼資格說別人呀？」

「——變態是這麼說的。」

「哈啊啊啊啊——唔唔！（抽搐抽搐！）」

到頭來，我們拗不過愛上了被人臭罵的小光，就這麼陪著她罵了一整天，體驗到了被罵的一方開心不已、罵人的一方飽受折磨的神祕時光。

順帶一提，我在這天晚上向真白白報告了事發經過。

「為什麼小淡雪每次和Live-ON的成員們扯上關係時，都會讓她們墮天呀？小淡妳是〇比（註：動畫「魔法少女小圓」的契約獸「丘比」）嗎？咱們不是魔法少女也不是魔女呀！」

她以傻眼的口氣說道。這一切明明都是偶然！

……啊，小光更新說特了。我記得如果不是什麼大事，基本上是禁止她在社群網站上發文的，是發生什麼事了嗎？

【祭屋光@Live-ON三期生】
今天被小淡雪和小怡咪臭罵了一整天，超超超級開心的！

「不要啊啊啊啊啊啊啊不能說出來啦啦啦啦啦啊！」

下一秒，手機的來電鈴聲便響了起來。是藍子小姐打來的。

『淡雪小姐，您難道沒有人心嗎？』

「妳誤會了——！雖然她沒說謊，但不是這麼回事——！」

由於藍子小姐和小光交情甚篤，她似乎從那則發文察覺到是出自小光口不擇言的手筆，所以很快就化解了這場誤會。

『原來如此。看來您是真的在背地裡將光調教成超級受虐狂，還把光臭罵了一頓。』

我原本是這樣想的，但在化解誤會之後，呈現出來的便是更為糟糕的現實，因此她的語氣變得更加冰冷了。為什麼啦？

「嗚嗚……我真的不是故意的……對不起……」

『呵呵，但看到光這麼開心，我也不好意思說什麼，就原諒您吧。您真是一位超級變態的虐待狂小姐呢。』

「妳是不是有點樂在其中啊？」

我想觀眾們應該都會和藍子小姐一樣，從那則發文裡推敲出部分真相，但我還是姑且找來小恰咪開了個臨時直播，向觀眾們說明來龍去脈，這才化解了一場誤會。然而，我們最終依舊逃不過被觀眾們調侃為「臭罵了喉嚨壞掉的同期一整天的超級混帳」的命運……

為什麼到頭來連我和小恰咪都被臭罵了一頓啊？

「大家真白好，咱是Live-ON的三期生彩真白。今天要來回覆蜂蜜蛋糕喔。」

既似靜謐、又似輕柔，亦給人中性的感覺——這道帶有各種元素，甚至予人魔幻印象的嗓音，出自Live-ON的三期生彩真白。

真白身為插畫家，同時感覺也經常與淡雪搭檔。由於Live-ON的成員們大多有著強烈的個性，因此在合作直播的時候，她常常會擔任負責吐槽的角色。說起來，配合不同的講話對象出口成章並非易事，她卻能泰然自若地信手拈來。得以不露鋒芒，且不著痕跡地提攜身旁之人——這樣的人物在各行各業都會被視為寶貴的存在。

但今天真白開台的內容是單人直播。在自己的地盤開設的回覆蜂蜜蛋糕節目，能夠徹底發揮真白平時不受矚目的聊天功力。

@喜歡哪種服裝？

想知道迄今畫過的插畫之中特別中意的服飾。@

「雖說被小淡喊卡所以撤掉了，不過之前去小淡家借宿直播之際，咱們在思考新衣的點子時，曾畫過一張把口袋挖空的熱褲插圖，那件咱就很喜歡喔。因為咱有戀鼠蹊部的癖好。還有就是沒公開過的插畫，那是讓小淡換上咱衣服的……哎呀，說溜嘴了。」

@妳覺得除了小淡以外，Live-ON的成員們適合什麼樣的衣服？@

「嗯——……小光如果走王道路線，放下頭髮穿水手服應該挺好的吧？她平時的衣服走的是華麗風格，有點反差的感覺會很不錯喔。咱下次也畫畫看吧。」

@請（看看自己的胸部）來點感想。@

「笨蛋、白痴、滾回去！真是的！偶爾就是會有這種調侃咱是貧乳的傢伙，到底是怎麼搞的？是因為同期的大家都很大，所以才顯得咱小，但咱可不是完全沒料喔？應該說，咱覺得『貧乳』一詞的這個貧字用的不是很好，明明就有更好的講法吧？像是小胸啦、微胸啦，因為很有品味而稱為品胸之類的。咱的胸部可不貧，無論尺寸是大是小，都是生而平等的咪咪，即便具備的魅力不同，也有著相同的價值。咱認為沒察覺到這一點的人才是擁有一顆貧乏的心靈呢。」

：原來真白白是戀鼠蹊部癖啊。

：平常總是一副酷酷的樣子，但講到喜歡的東西就變得直言不諱這點超級喜歡真白白。

：不只是小光而已，我想看大家穿上制服的樣子！官方能不能幫忙出一套啊？

：一講到咪咪的話題嘴巴就突然動得超快笑死。

：我喜歡在意胸部很小的真白白！

：那今後就把貧乳稱為真乳吧！明明真（增）量了但還是很小，噗呼呼www

：喂喂喂，這傢伙真是不怕死（註：典出漫畫《刃牙》第一話，路人角色看到主角「刃牙」狂喝碳酸飲料時作出的評論，後來成了網路迷因）。

@真白白……妳不用這麼害臊（奸笑

妳明明就喜歡小淡吧……？（奸笑

@妳喜歡強〇口味的淡雪，還是淡雪口味的強〇？@

You還是乖乖坦白吧。@

@妳喜歡小咻瓦還是小淡？還有，請盡可能多說些喜歡這兩個人的地方。@

「這幾則的內容都差不多，所以咱就一併回答了。就前提來說，咱很喜歡小淡，同時也很喜歡小咻瓦喔。咱很少直接開口說這種話，至於以立場來說，咱大多是站在負責吐槽的那一方，才會給人咱很冷淡的印象啦。現場應該也有很喜歡小淡的觀眾，但咱喜歡小淡的心情肯定比任何人都來得強烈喔。至於更喜歡小淡還是小咻瓦這點……嗯——或許只有咱這麼想吧？雖說分成了小淡和小咻瓦兩種稱呼，但咱都視她為同一個人，所以應該是兩個都喜歡吧。哎，如果硬是要給個回答，咱最喜歡的就是名為心音淡雪的直播主了。如同奇蹟般互補的雙重個性，也是她作為一名直播主的獨特魅力。」

@???「呼……呼……都是小淡不好喔。」

淡雪「咦？我什麼時候睡著了……」

???「妳老是顧著和小有素與小光親熱，卻都對咱說些不中聽的話。」

淡雪（這……這個聲音是……）

淡雪（嗚！好痛……！手腳都被繩子掐得好緊……）

???「妳都不曉得咱忍得有多痛苦！」

淡雪（這、這個狀況是！昨天的——！）

???「昨天那則像是預言一般的蜂蜜蛋糕，是小淡寫的對吧？」

淡雪「才、才不是呢！我只是……」

淡雪（不妙！要是照著那則蜂蜜蛋糕的發展……）

???「少囉唆！對於小淡這個大騙子，看來有必要教育一番呢。」

???「咱可是小淡的媽咪……就讓大家看看我們的天倫之樂吧。」按下直播鈕！

淡雪「？不、不行！別這樣……」

Happy End＠

「這什麼亂七八糟的文章……不只是忘記關台而已，這下豈不是要因為過度開台而締造新的傳說了？還有那個『???』絕對不是指咱，抱歉辜負大家的期待了。」

：貼貼！

：快去結婚啦。

：好厲害啊各位！這可不是營業貼貼（尊死）（註：典出動畫「巨神與冰華之城」的台詞「好厲害啊各位！這可不是CG影像——」）。

：真白白對亂七八糟的文章釋出了猛烈砲火。

：開台太多笑死。

@又有兩位同期的表現突破了天際，能詢問您現在的感想嗎？@

「小愛萊和小淡加油！（置身事外）」

@您在不知不覺間成了Live-ON唯一的常識派，請發表一下感想。@

「嗯……說起來咱算得上是常識派嗎？畢竟咱之前在開畫畫台被問了『肚臍要怎麼畫比較好』的時候，可是回答了『就畫個會讓人想把舌頭戳進去的坑洞』喔？大家的門檻是不是壞掉啦？」

@突然想到一件事。真白白有像小咻瓦那樣喜歡品嚐美酒嗎？希望哪天能看到咻瓦真白開個合作晚酌台呢。@

「這是最後一則蜂蜜蛋糕了。咱很少自己開酒來喝呢。至於晚酌直播的部分，之前不是公布了三期生一週年紀念合宿直播要更改為一週年又一個月紀念了嗎？說不定可以期待那天的內容喔。」

：小恰咪的人際關係之強可謂無人能出其左。

：不是右而是左笑死。

：真白白講得一副自己很想舔筆下角色的肚臍似的笑死。

：老實說我會對變態真白白感到興奮。

：難道會開喝嗎？好耶耶耶耶耶！

：小光要重返直播了！

雖說是在自己的地盤，但真白依舊不著痕跡地調整著直播的氣氛，好讓長休已久的同伴能順利地回歸主業。

第五章

三期生出道一年又一個月紀念直播

在制訂好一週年紀念直播的計畫後，先是碰上了小光因喉嚨痛而停止活動，紀念直播也隨之延期，然後是小光的覺醒——這真的是一段沒有喘息時間的日子。即使是沒開直播的時候，我也依舊置身於Live-ON的氛圍之中。

雖然我一直被各式各樣的激情耍得團團轉，不過……我認為那也是一段必須經歷的時光，好讓我能懷抱著不帶一絲陰霾的爽朗心情，去迎接歡慶這一刻。

我們四人齊聚一堂，在值得紀念的那一瞬間到來時目光交會，默契十足地一同張口。

各位觀眾！真的讓你們久等了！

「「「「Live-ON三期生！恭喜出道一年又一個月喔喔喔喔喔喔——！！」」」」

總算盼到了這場直播到來的那天啦——！

：來啦！終於來啦！

：太好了，沒有把整個企畫都收掉真的太好了……

：恭喜喔喔喔喔喔喔喔——！！

：耶耶耶啊啊啊啊啊啊——！！　¥50000

：剛剛有小光的聲音對吧？

「好的！如此這般！總算能慶祝這個好日子了！我是三期生心音淡雪！」

「還真的是呢。總覺得咱們每次約好要聚在一起，到頭來能順利成行的次數反而沒幾次呢。我是三期生彩真白。」

「算了算了，這樣不也挺有意思的嗎？比起平凡地迎接這一天反而更加浪漫呢。我是三期生柳瀨恰咪喔。」

「……這麼說或許也有道理，咱同樣喜歡現在這種高昂的感覺喔。雖說平凡地迎接紀念日也不錯，但在經歷些風浪之後，果然更有滋味呢。」

「就是這樣喔！此外，今天同時也是另一個值得慶祝的日子！正如事前向各位觀眾宣布的那般，今天！是我們重要的同期結束長休、正式回歸的日子！好啦，我想大家已經迫不及待了，就請她本人親自獻聲吧！」

…………………

奇、奇怪？

咦，依照原本的預定，當我們營造小光即將現身的氛圍後，她就會活力十足地正式登場呀？

我們三個慌慌張張地朝著小光的方向看去，只見她正渾身僵硬地垂首不語。

「小、小光，妳怎麼啦？」

我低聲詢問後，小光便像台機器人似的，以一格一格的動作轉過頭來。

「我、我好怕……」

「欸？害怕？是在害怕什麼？」

「不會有事嗎？大家會不會已經忘記了光，劈頭就問『妳是誰』之類的？而且光還拖延了紀念日整整一個月，大家會不會為此生氣呀？」

小光一開口便快速動嘴，以微小但帶有求助的語氣連連闡述著不安。

「等、等一下？妳到剛才不是都還很鎮定嗎？」

「一開始直播，光就突然緊張起來了啦！我已經努力過了，在一開始和大家一起歡呼過嘍！」

「什麼叫已經努力過了？直播現在才要正式開始耶。真是的，妳忘記咱說過的話了嗎？觀眾們才不會因為這點小事就放棄小光呢。」

「光也是這麼相信的！但到了這個瞬間，果然還是會覺得很可怕呀！」

「小光是超級受虐狂對吧？如果聽到觀眾的謾罵，那豈不是一種讚美？」

「這和那個是兩回事！光想要的是帶有愛意的疼痛！」

「……那個～……抱歉在妳們竊竊私語的時候打擾了，但剛才的對話都被麥克風收進去嘍？」

「「「咦？」」」

其中，小光更是臉色變得鐵青。

「咦……」

聽到小恰咪的提醒，我們三個同時發出了傻呼呼的喊聲。

但她的臉色也隨著第二度發出的驚呼聲而恢復過來。

為麥克風收音一事嚇了一跳的小光先是抬起臉龐，電腦的直播畫面隨即映入她的眼簾。

然後──小光再也沒有垂低她的臉龐──

不對，不只是看向電腦而已，她甚至連眨眼都忘了──

她凝視著畫面中的一小部分──

沒錯，就只有一小部分──

她凝望著如同祭典般熱鬧的聊天室──

：小光，歡迎回來！

：小光快點現身啦──！

：等很久啦！還能看到活力充沛的小光好開心！

：歡迎回歸&變成超級受虐狂——！（？）

：喉嚨也治好了，太好了。

：恭喜復活和變成超級受虐狂！變成超級受虐狂真的值得慶祝嗎……？為了解開這個謎團，我們步入了Live-ON的腹地深處……　￥50000

：恭喜復活！今後就天天找同期來罵自己吧！

：恭喜小光回歸！

：這是慶祝回歸的禮物（低溫蠟燭），請和小咻瓦一起享用。

：歡迎回來！有好好休息嗎？

：Live-ON的希望之光回來了！嗯？奇怪？

：小光，恭喜妳覺醒了！　￥10000

：聊天室一如預期地被超級受虐狂相關的字眼洗版笑死。

：嗯？抱歉，覺醒和超級受虐狂是怎麼回事？小光發生了什麼事？

：她似乎在長假期間被小淡雪調教成超級受虐狂了。

：咦？

：完全聽不懂啊！

：放心吧，我們就算聽了小淡親口講解，也還是一頭霧水！

：繼嘔吐式關台後，似乎又展露了調教式休台的絕技。

：也太像娛樂界藝人了吧？　¥610

：小淡雪又──把強〇灌進別人的癖性使其綻放了。

：感覺也可以對詩音媽咪、小愛萊、小恰咪、小還和小有素都灌一些試試。

：這技能不是星之開拓者，而是癖性之開拓者（註：典出手機遊戲「Fate/Grand Order」的技能「星之開拓者」）**了。　¥211**

：滿懷信任送去休假的小光，竟深陷同期阿淡的調教之中，向我傳來了滿懷笑容的超級受虐狂宣言直播……

：笑死。

：我一直在想，小淡是不是為了想奪回清純的寶座，才會強化所有人糟糕的一面，好讓自己的清純度有著相對性的提升……？

：這是智能犯罪呢。看來「心音淡雪的真・收復清純計畫」要開始執行了。

：另外，就算能相對性地提升，也無法提升絕對值，因此她最終無法奪回清純的寶座，只會讓Live-ON放棄清純系的路線罷了。

：恭喜回歸。今後也請妳「注意身體狀況」並每分每秒進行直播，以二週年為目標吧。

：哎，說起來小光原本就有受虐狂的傾向嘛……

：的確。

：祭屋(Matsuriya)的M是受虐狂(Masochism)的M呢……

：那個……雖說是回歸的場面，但她是不是朝著奇怪的方向惡化了……

：小光……我一直隱約覺得妳有那方面的素質呢……

：看來現在的三期生裡面已經沒有符合「呼呼呼……那傢伙只是四天王之中最弱的一個」的成員了。

：無論如何，恭喜回歸！

：我一直在等妳回來啊！

：聽到好久不見的聲音，我差點就要哭了。喉嚨還來得及治療真是太好了。　**￥5000**

：超級感謝小淡雪制止了試圖逞強的小光！也恭喜邁入一週年，這是新的強〇費！

￥10000

：歡迎回來。

「大……家……」

小光原本愕然的雙眼，逐漸閃耀起光芒。

我、小恰咪和真白白先是互看了一眼，隨即用力點了點頭，將手繞到小光的背後，把她推到麥克風前面。

小光用手擦了擦濕潤的眼角，露出顯得有些害臊的笑容，但她的臉上已經不再帶有恐懼的情緒了。

「呃，大家！祭典的光芒招來人群！嘻嘻，今天輪到我被大家的祭典之光吸引而來了！我是Live-ON的三期生祭屋光！」

沒錯，就是這樣。直播主和觀眾們是相互扶持的關係，這就是我們該有的態度。

於是，小光她！完　全　復　活　！

「好溫暖……和觀眾們的羈絆真是溫暖人心啊……」

「……要是沒有變成受虐狂那檔事，咱原本也會覺得很感動呢。」

「真的耶……」

「好冰冷……同期的視線真是冷到不行啊……」

更正！小光她！改　造　復　活　！！（哭）

「那麼那麼，既然開場問候也結束了，那就開始說明今天直播的企畫內容啦。之前在說特上也宣布過，我們四人今天都來到了小光家，要做合宿直播喔！」

「其實原本是想在一週年的當天實行這個企畫的……卻因為光而延期了一次，真的非常抱歉……嗚咕咕，光那時候為什麼會做那種傻事……」

歡迎回來

「算啦算啦。雖說反省很重要，但過度自責就不對嘍。」

「沒錯。而且，咱在聽了小恰咪剛才的問候語之後，也覺得一週年又一個月紀念還挺符合咱們的調性呢。總是能偏離一般人的預測，才稱得上是Live-ON本色呀。」

「小、小真白！」

「啊，呃，咱不覺得有講什麼值得被妳抱住的事呀……那個……好、好乖好乖……」

小光似乎被真白白的話語給打動，就這麼用力地抱住了她。

小光過於激動的肢體接觸讓真白白變得面紅耳赤。但她雖然有些困惑，卻仍回抱住了小光，真是貼貼！

「嗯嗯，真白白，妳說得真好！果然我們就是該做些一般人不會做的事呢！」

「對呀！暢談自己喜歡的東西有什麼不對！當個聲音宅棒透啦！」

「抱歉在妳們沉浸於自我肯定的時候打岔，但妳們兩個最近已經不是偏離一般人的預測，而是直衝雲霄的等級了吧？每次聚集在一起的時候，咱自然而然地就會變成吐槽的角色了，真希望妳們能稍微體諒咱一下。」

「欸，真白白？」

「嗯？小光，怎麼了？」

「就這麼對我使出摔角技巧裡的頭部固定技吧！那是用力抱住對手，然後絞住脖子的厲害招式！」

「啊，對喔，小光也變成了不輸給那兩位的怪人了呢！哼！」

「喔，對對！不需要手下留情，用力抱住光吧！」

「……吵、吵死了！（啪！）」

「啊咿！」

真白白像是在宣告擁抱時間結束似的，在抽開身子後拍了一下小光的屁股。

但我明白，真白白剛才並沒有手下留情，是真的打算用全力使出頭部固定。然而為她的力氣實在太小了，在看到小光渾然不覺的反應後，才會連忙蒙混過去。

拚命地抱住小光頭部的真白白實在是太可愛了。

我向觀眾們說明剛才發生的事。真白白雖然有一瞬間試圖阻止我，但身為直播主畢竟有必要說明方才的狀況，因此她只是忸忸怩怩地瞪著我看。真可愛。

「欸，真白白。」

「……什麼事？」

「妳這小嘍囉♥小嘍囉♥」

「（啪！）」

因為我說得有點過火，結果被她無言地拍了一下屁股。真可愛。

「…………（啪！）」

「咿呀！咦？為什麼連我都被打屁股了？」

「沒有啦，因為小恰咪的屁股很大，咱覺得拍起來會很舒服，就順便下手了。」

「才、才不大呢！……我是這麼希望的啦。我其實對這個有點自卑……」

「會嗎？小恰咪個子夠高，所以夠大的屁股反而有助於勾勒出前凸後翹的身材曲線呢。還有，小光別顧著升天，快點回魂啦。」

：沒這場線下會就看不到這種互動。真受不了。

：我懂——！

：完全發出了受虐狂的聲音笑死。這就是小淡的調教成果嗎？

：小恰咪！的屁股！很大！

：難道身材高挑且屁股大的女人是她的菜嗎？

：我喜歡適合刀子和木牌（註：為江戶時代的一種制度，若是某戶人家的名聲不佳，便會在戶籍謄本上別上木牌作為辨識）**的女人。**

：遺憾的是，小恰咪深愛的組長今天休息呢。

：真白白可愛到讓我好難受。

如此這般，合宿會就這麼溫情洋溢地開場了。

雖說我們早就制訂了各種企畫，然而由於時間非常多，因此整體來說都是以這種緩慢的步調進行的。

我們先是回顧起小光操壞喉嚨的原因等前些日子發生的事，再將話題帶到能順利迎接這一天所感受到的成就感。

「已經出道超過一年了呢……但我也不太懂這樣算是長還是短啊……」

「的確呢。畢竟都是些荒唐的日子，所以無論是長是短都說得通。」

「小淡是咱們之中最厲害的呢，她不僅是個惹禍精，同時也具備了無辜遭殃的體質。」

「喔！小淡雪，妳居然有著像是金〇一或柯〇的能力，好帥喔！」

「啊哈哈，初次直播的時候，我完全沒辦法想像自己會變成現在這個樣子耶。」

我回憶起剛出道的時候。

好懷念啊。我因為很害怕把缺乏自信的內在展露出來，總是勉強自己裝成清純系。即使是在直播的過程中，我也經常顯得緊張兮兮的。

那時的我甚至不會從聊天室裡挑出開黃腔的留言來唸，結果現在卻活成了這副德性，人生真是充滿不可思議。

況且，讓我翻身的契機居然還是因為忘記關台呢。

「首次直播啊。咱和小光應該沒什麼變化吧……變成受虐狂的部分姑且不論。」

「因為光總是卯足全力向前衝嘛！」

「我倒是一直處於迷航狀態呢……首次直播的時候，我因為緊張過度而沒辦法好好講話，在那之後則是試著模仿小光，以高亢的情緒直播，結果大家在聊天室裡紛紛表示『妳不用這麼勉強自己。』直到今天，這都還是我的心靈創傷呢。但現在的我……奇怪？我覺得自己現在好像還是在迷航的樣子耶？」

「算啦算啦，妳不也因此靠著草包個性博得了人氣嗎？況且——無論如何，現在的我確實是活得很開心呢。」

我這麼說完，大家便在點頭的同時發出了應和聲。而在無言地面面相覷好一陣子後，我們又莫名地一同笑出聲來。

雖然我們也不懂究竟為何而笑……但像這樣一同歡笑，想必就是這次紀念日裡最為重要的一件事吧。

儘管是一條渾沌、傻氣又胡鬧的道路——但Live-ON三期生就是該集渾沌、傻氣和胡鬧於一身，這樣的三期生棒透了！

在暖場活動全數結束後，終於開始有點合宿會的感覺了。我們現在活用線下會的優點，玩起了「我愛你遊戲」。

這邊姑且說明一下遊戲規則——兩人一組，對彼此輪流說出「我愛你」，若其中有一方感到害臊就算落敗。而我們玩起了循環賽。

我們當初是基於「既然都一起活動超過一年了，說個我愛妳哪會感到害臊」這種挑釁般的念頭，才決定要玩這個遊戲的。至於敬陪末座者的懲罰遊戲，是要使用小恰咪帶來的ASMR麥克風，對觀眾們說出「我愛你」。

遊戲就在害臊、歡笑和心癢難耐的氛圍中進行著。目前輪到小光和小恰咪展開對決。

「小恰咪！我愛妳！」

「……也是呢。我同樣愛妳喔，小光。」

「嗯！……嗯——？總覺得光目前不管對上誰，對手都不會感到害臊呢？」

「因為小光講得太過坦蕩，根本不會覺得害臊呀。而妳就算被說了『我愛妳』也不曾害臊，因此目前為止沒輸過呢。」

「咦——？總覺得這樣不太帥耶！」

「沒這回事喔。一直維持著正負零分，感覺很像麻將漫畫裡的咲（註：指漫畫《天才麻將少女》主角宮永咲，前期特技是讓自己的籌碼維持在沒有增減的狀態）呢。」

「喔喔喔？這聽起來超帥的！光是魔王！看我的槓上開花！」

「啊，不過正負零又有點小淡雪的感覺就是了。」

「喔喔喔！這也好帥！光強〇零！爆好擼爆好擼！」

「呀啊啊啊————？喂，小光！如果沒搞清楚意思就別亂講話啦——！」

「小淡……」

「哦——真白白的視線從冷淡再次降級，變成了在看髒東西的眼神呢……」

如此這般，小恰咪和小光的戰鬥告一段落，這回輪到我和真白白對決了。

我在被小恰咪喊「我愛妳」的時候雖然發生了噴出鼻血的意外，但我自己開口的時候都不怎麼害臊，因此應該能躲過懲罰遊戲。

至於真白白似乎不擅長主動表白，她經常說著說著便害臊起來，就此落敗。目前她正在和被耳邊細語打得體無完膚的小恰咪爭奪著吊車尾的寶座。

「咱已經不能再輸了……很好，那就由咱開始吧。」

「好！」

我和真白白在近距離對視，然後——

「小淡————咱愛噗呼啊哈哈哈！」

「咦——？」

然而，真白白在唸到「咱愛妳」的「愛」字時卻不知為何別開臉龐，然後放聲大笑了起來。

咦，為何？真白白迄今就算是自爆落敗，也沒笑成這樣過啊？

「抱、抱歉抱歉，一對小淡說『咱愛妳』，咱就莫名覺得好笑了起來，才會忍俊不禁。」

「這種理由也太過分了吧？」

真白白背對著我這麼說，讓我大受打擊……

「奇怪，小真白，妳的臉紅透了耶？怎麼啦？」

「等等，小光？這種事不需要說出來啦！」

但在真白白將頭撇開的時候，小光湊巧就待在她眼前的位置，這句話形頓時成了一道上升氣流，我那急速下墜的情緒得以向上一飛，穿透了原本的位置直沖天際。

真白白紅透了臉……她迄今就算有臉紅的反應，也沒誇張到紅透整張臉的地步……而從真白白試圖蒙混過去的反應來看……

難道說真白白——對我告白的時候是表現得最害羞的？

「真白白！」

「呀啊啊？」

我硬是拽著真白白的肩膀讓她轉回身子，然後用雙手固定住她那宛如熟透番茄般的臉龐。接著，我將臉孔湊近到幾乎要碰到彼此鼻尖的距離——

「我愛妳。」

「——咱、咱不行啦啊啊啊啊啊——！」

在我作出告白後，真白白硬是從我的手中掙脫，就這麼衝出房間，把自己關進了廁所。看到這樣的反應，我露出了春風得意的笑容，同時噴出了鼻血。

但還沒完！還沒就此結束！

在和我對決的這一局，真白白開口和聆聽的時候都判負，所以是以負兩分作收。這代表她勢必得進行懲罰遊戲了。

「嗚嗚嗚……咱還沒對觀眾們講出這麼肉麻的話過……」

幾分鐘之後，真白白掛著鬧彆扭的表情走出廁所。來到ASMR麥克風面前的她，再次紅起了臉龐。

「欸，小光，妳要不要和咱交換一下？既然是超級受虐狂，懲罰遊戲對妳來說豈不是一種獎勵嗎？」

「嗯——……如果是到直播結束前都得當大家的人肉椅子，光倒是很想交換啦……」

「那就這樣，來變更懲罰遊戲的內容吧。」

「小真白，不可以這麼做啦。喏，觀眾們都在等妳喔。」

「好想看～真白白身為直播主的骨氣～！」

「嗚……妳給咱記住……」

我們豎起了耳朵靜靜等待。小恰咪甚至將耳機塞到耳朵深處，還閉起眼睛嚴陣以待。

最後，真白似乎死了心。她將臉孔湊近麥克風，然後開了口。

「……咱、咱……愛……你。」

：（•ε……………）

：**呼、呼、呼、呼、呼、呼、呼……呼……呼……砰磅（邁爾斯・戴森**（註：電影「魔鬼終結者2：審判日」的角色，此為斷氣時引爆炸彈的橋段）**）！**

：**我嘴角翹得太高，變得像是青眼三頭龍版本的城〇內**（註：動畫「遊戲王 怪獸之決鬥」主要角色城之內偶爾會被描繪成誇張的尖下巴臉型，後來也成為網路上的惡搞素材之一）**一樣。**

：**¥50000**

：**¥50000**

：**倒下！**

：

：

：

「好、好啦，結束了！別、別誤會嘍！剛才那句話只是在感謝平時的支持罷了！要開始進行下一項企畫了！……咦？奇怪？為什麼小淡要把咱給推倒在地？奇怪？小恰咪也是？咦，那個……被兩個人壓住果然還是有點沉重……欸、欸，為什麼妳們一句話也不說呀？咱現在很害怕喔？咿！小光！快來救咱！咱被野獸襲擊了！呃啊？妳為什麼鑽到我的身體下方了？不不不，什麼叫想被壓扁，咱聽不懂啦！啊——快來人救命啊啊啊啊——！！」

真白白再次逃進了廁所。喂，來ＳＥＸ（決鬥）一下吧。妳為什麼不和同期的Ｖ合體啊？

我們雖然贏了遊戲，卻都成了真白白的手下敗將。

隨著時間流逝，來到了晚餐時間。

根據預定，這一餐主要是由會下廚的我和小恰咪負責。

在討論該煮什麼的時候，我們的結論是「難得都聚在一起了，就做些有派對感的東西來吃吧」，最後挑上了章魚燒。也就是所謂的章魚燒派對啦。

小恰咪事前已經張羅好食材，於是我便著手調理。

「……雖然現在說這個有點晚了，但只是要調麵糊的話，換成其他兩人應該也可以吧。畢竟等上桌之後就是大家一起烤了嘛。」

「算啦算啦，小恰咪，切菜也是展露烹飪功夫的時刻呢。」

由於小光家似乎有章魚燒機，所以她正在和真白白進行架設的準備。（小光家還真是什麼都

有……）

呃——砧板在哪裡呢——

「啊，真白白，過來這裡一下。」

「嗯？怎麼了？」

「哎呀——我正頭痛找不到砧板，還好真白白在場呢！看來攜帶型砧板的名號並非浪得虛名咕哈？」

我抱持著搞笑的心情把真白白叫來廚房，想拿她來代替砧板，結果肚子被她揍了一拳。我雖然嚇了一跳，但她真的一點力氣也沒有，所以根本不痛。

「（閃亮閃亮閃亮閃亮）！」

「不不，小光，妳就算露出肚子展露那種充滿期待的眼神，咱也是不會毆打無罪的人喔？喏，不把衣服拉回去的話會著涼喔？」

「咦——？只有小淡雪享受到也太狡猾了！狡猾！」

「小光！妳只要講幾個平坦的物體名稱，就能被她欺負嘍！」

「欸？平坦的物體？啊——小真白是平〇王（註：電玩遊戲「瑪利歐64」及後續作品的敵人「平板王」，外觀為長了手腳的扁平板子）！」

「很好，小光，妳做好覺悟吧。咱會讓妳體驗到和痛楚完全不一樣的地獄。是說為什麼還要特地加上一個王字啊？」

「因為這樣比較強啊！」

「這種情況愈強的反而愈不好吧——！」

說著，真白白便搔起了小光裸露而出的側腹。兩名女孩就這麼嘻嘻哈哈地打鬧了起來……

「啊～真是一幅絕景哪……」

「欸，小淡雪，現在不是玩樂的時候，我們該切菜了。我找到砧板啦。」

「咦？小恰咪看起來居然——如此可靠——」

「妳為什麼要那麼吃驚呀？下廚可是以我們兩個為主軸，倘若我們不認真一點，哪煮得出好吃的東西呀？」

「小、小恰咪！也是呢！現在輪到我們的回合，所以就該在重要時刻好好表現才行呢！那麼，我這就找些東西來切！（翻找裝有食材的袋子）……小恰咪……」

「怎麼了？」

「章魚在哪裡？」

「我這就衝去買回來。」

「小恰咪……（哭）」

無論再怎麼翻找，我都找不到理當要作為食材的章魚。明明連起司和小香腸都有的說……

不愧是能在重要時刻完美展現Live-ON風範的小恰咪，真是高手……

最後，還是架設好章魚燒機後無所事事的兩人主動請纓，去附近的超市買了章魚回來。

「對不起……真的很對不起……」

「小恰咪，就說不用道歉了嘛！應該說被派去跑腿一事，讓光感到超級興奮的！就讓我說句謝謝妳吧！」

「啊啊啊啊小淡雪，這孩子是個天使呢！」

「她不是天使，是個超級受虐狂喔。」

「妳這種回答怎麼和『那不是新垣〇衣，而是小咻瓦喔』的語感有點像？」

「這是指〇衣是天使，而我是超級受虐狂的意思嗎？真白白，妳是不是偷偷用力酸了我一把？」

如此這般，我們熱熱鬧鬧地享受著章魚燒派對填飽肚子。然後下一項企畫是——

「好，麥克風也設定好了，這下子就準備完成了吧？那麼，三期生開辦的迷你演唱會就此開幕！」

迷你演唱會——也就是唱歌時間。

沒錯，就是那個讓小光操壞喉嚨的企畫。

由於經歷過那起事件，我們也曾提議不如就別唱歌了，但最後還是照著當初的計畫進行。問我為什麼？請各位回想一下我和小恰咪跑去小光家的那一天。當時，小光的喉嚨就幾乎已經恢復如初了。

說起來，之所以設定一個月的停止活動期間，除了讓她好好休養之外，還有另一個目的，那就是練習唱歌。

雖說是停止活動的期間，但若是什麼都不做，也會讓精神萎靡不振。喉嚨正是我們的生財道具，若是能學習不讓喉嚨造成負擔的發音方式，那便算是一大收穫。

而在那段期間，小光以不至於讓自己太過疲憊的步調，向專業的聲樂老師學習了正規的唱歌技巧。

在休息期間的前半段，由於小光還沒辦法出聲，所以是以聽課為主，但她並沒有因此怠忽學習。而在治好喉嚨之後，課程的內容也變得更為嚴謹。在這一個月的時間裡，小光一直都在學習。

而在迎來這個日子之後，小光在唱歌方面的成果則是——

：嗨！嗨！

：♪♪♪

：好狂——！

：小淡雪還是一樣很會唱呢。

：小恰咪居然能發出那麼大的聲音笑死。

：真白白沉穩的歌聲真讓人受不了。

：小光好會唱——！

：咦？她不是因為不會唱歌才會弄壞喉嚨嗎？

：完全不輸其他三人嘛！

怎麼樣啊啊啊啊啊啊啊啊——！

小光正看似開心地隨著歌曲的節奏搖晃身子。

此時此刻，我們四人的歌聲無疑完美地融為一體。

好啦好啦，合宿會也來到了最後階段。

迷你演唱會結束後，我們洗過了澡，此時都換上睡衣。

而說到一天結束之際該做的事情——

「「「「乾杯————！」」」」

那當然就是開酒宴啦！

「咕嘟、咕嘟……喔喔，的確是不太甜呢。不過這喝起來很順口，咱還滿喜歡的。」

「對呀。但別看這酒喝起來順口，它的酒精度數其實不低，所以喝了很容易醉，得留意別喝得太快……這是我在別的地方看到的知識，畢竟我也是第一次喝呢。」

「好喝！好想拿生命之水（註：酒精濃度高達96%的伏特加）來兌著喝！」

「我有句話想說！強〇實在太好喝了！我愛我愛我愛我超愛！終於找到妳了公主大人！我降生於世的理由！就是為了與你相見！和我一起度過餘生吧！你是我世上的最愛！我、愛、你——（註：典出偶像粉絲創作的成句，現行版本被稱為「真愛應援Call（ガチ恋口上）」，大多是在偶像上場表演前、間奏期間或結束時在台下吶喊的語句）！」

：乾杯————！　¥10000

：噗咻！　¥211

：真白白喝酒。

：說是拿生命之水來兌，其實應該是拿強〇去兌生命之水比較正確喔。

：看到自己推崇的偶像對著強〇喊出真愛應援Call讓我十分困惑。

：不不，要開酒宴是沒關係啦……但為什麼所有人都在喝強〇？

：是貧窮大學生的自家酒宴嗎？

：喝強〇的理由便是強〇，也就是沒問題！

「啊，小恰咪做的這個下酒菜很好吃呢。咱很喜歡喔。」

「真的嗎？合妳胃口真是太好了。」

「光剛剛去超市的時候也買了生魚片一類的東西，我們拆來吃吧！」

「松〇子！松〇子！山〇麵包的春天麵包祭典（註：典出松隆子和日本山崎麵包拍攝的合作廣告）！」

「小淡，按靜音。」

啊啊啊啊……居然能和重要的同伴們一同享受心愛的強〇——得以迎來這一瞬間的我實在太幸福了！我的情緒也來到最高點嘍！

「呼，這樣一來小咻瓦也參加到紀念日了呢。全員到齊了。」

「啊，真的耶！嗨——小咻瓦！」

「嗨——小光！」

「那、那個！我也可以把喝醉的小淡雪稱作小咻瓦嗎？」

「小恰咪？為什麼挑在這個時候問？」

「對不起……我其實從很久以前就想這麼叫，卻錯過了第一次稱呼的時機，結果就一直悶在心裡。不過，我已經下定決心要在今天鼓起勇氣這麼問了！」

「嗚哇，還真是很有小恰咪風格的前因後果呢……當然可以嘍，就以今天為契機好好相處的啦——！」

「——嗚！太棒啦——！」

在高舉雙手歡呼後，小恰咪便一鼓作氣地喝起了強○。她該不會已經喝得很醉了吧？

「對啦！那我們就來玩個4P加深情誼吧！」

「啊，淡雪小姐，可以別再接近咱了嗎？」

「咦……？真白白妳怎麼了？就算在初次見面之際，妳也沒對我這麼冷淡吧……？」

「還不是因為小咻瓦亂講話。咱才不要讓紀念直播被刪掉呢。」

「可是我們剛剛不是才玩過我愛妳遊戲嗎！」

「咱不懂這和4P有什麼關係呀。」

「我愛妳＝我在I＝我在自慰＝發出欲求不滿的信號＝想找人SEX的意思喔！」

「啊——……的確如此。」

「咦？真白白，妳怎麼接受這種說法了……？」

如此這般，酒宴熱熱鬧鬧地進行著，成了企畫的美好收尾。

由於大家都喝了酒，導致對話的內容經常牛頭不對馬嘴，但我們仍對此時此刻感到開心不已。

然後……無論是再怎麼快樂的時間，終究得迎來結束的時候。

我們向彼此發誓明年也要一同慶祝後，直播就這麼落幕了。

「唔嗚嗚嗚！」

「小恰咪！妳該不會要吐了吧？好咧！就這樣噴在光的臉上吧！」

「嗚嗚嗚！？」

「欸，小咻瓦，和咱一起爆擼一番吧。」

「真真真真真白白妳在說什麼啦？妳醉過頭了啦！妳有理解到自己在說什麼嗎？」

「……咕嗚嗚嗚…………」

「居然睡著了？」

：都做完收尾了，妳們還在搞什麼飛機啊www

：小光在受虐&無知屬性的完美協作下，作出了Live-ON屈指可數的變態發言笑死。

：小恰咪之前明明提醒過不能喝太多的，為什麼變成醉得最嚴重的那個……

：真白白好色！！小咻瓦妳在說什麼啊？？

：小咻瓦，妳有理解到自己平常都說了些什麼嗎？

：真白白從各方面衝殺上來了，好難招架。

：小真白？啊——！啊————！（瘋掉）

：在重要時刻出包……妳是後宮故事的主角嗎？

：這已經不是三期生，而是慘期生啦。

：今後不用做週年紀念，可以每秒都做紀念直播了。

：妳們就合作一輩子吧。

……明年還是少喝一點吧。

終章

在某間公司的辦公室一隅，兩名女性正隔桌而坐。

其中一人掛著沉穩的笑容，另一人是露出略顯悲傷的神情。

前者名為星乃瑪娜，是從VTuber黎明期到現在都活躍於最前線的傳說級人物。而後者則是一直在幕後支持著她的經紀人。

「那麼，瑪娜小姐，您是真的下定決心了嗎？」

「是的。向妳提出那份要求之後，我從未感到後悔。」

聽到瑪娜的話語，經紀人先是閉上眼睛好幾秒鐘，隨即整理起手邊的文件，再次看向前者。

「那麼，瑪娜小姐，我明天會上傳影片，宣布您在下個月畢業的消息。雖然這麼說有些為時甚早，但您迄今辛苦了。」

「嗯，謝謝妳至今的協助。」

「您真的……真的辛苦了……」

「小經……」

經紀人擠出的話聲雖然細若蚊鳴，卻也像是不甘就此分別的吶喊。光是這樣的反應，便能看出兩人早已培育出超越工作夥伴立場的堅定情誼。

她會如此難過的理由只有一個。

傳奇VTuber星乃瑪娜——即將畢業。換句話說，星乃瑪娜已經決定退出VTuber界，今天則是確立了畢業的流程。

一代傳奇即將結束。

「唉，瑪娜小姐居然要畢業了，這間公司今後還走得下去嗎……」

經紀人硬是擠出了笑容，有些刻意地嘆了口氣。而瑪娜則是輕輕揮了揮手，露出了害羞的笑容。

「妳在說什麼呀？對公司來說，我的事業原本就只占一小部分不是嗎！都已經是略有規模的公司了，哪可能因為少一個我就倒掉呀！況且，我之前聽董事長說過嘍？前陣子開始拓展的VTuber化身訂製事業，不是在市場上讚譽有加嗎？」

「話是這麼說啦——！但公司今後很可能撤掉VTuber的營運事業……雖然很忙碌，但這份工作也帶來了諸多樂趣，就我個人來說還是很遺憾呢。」

這間公司旗下的VTuber，就只有星乃瑪娜一人而已。為了能讓瑪娜將才能發揮得淋漓盡致，公司並沒有雇用更多的直播主，而是選擇專注支援瑪娜的單人活動。

由於公司頗有規模，在不需要以VTuber事業為重心的前提下，這樣的方針多少帶有分散風險的意圖，但說起來，這終究是因為信任瑪娜的才華才會做出的決定。

「……大家都是為了我這個小人物而忙碌呢。」

「您才不是小人物呢。不如說，正因為對象是您，我們才會如此甘願。」

雙方沉默地看著彼此，流逝了數秒鐘的時間。

在像是充分享受這般無言的默契後，經紀人將話題轉到了工作上頭。

「話說回來，關於您之前商量的畢業直播內容，目前大概是這樣的感覺。」

「哦，有結果了嗎？我看看喔——？唔嗯唔嗯……嗚哇？會來好多知名的直播主耶？咦，她們真的都會來嗎？」

「是的。一提到您要畢業，她們就立刻同意嘍。至於出場順序和細節還需要慢慢調整就是了。」

「真的假的？總覺得緊張起來了……」

「還有——您可以在這個節骨眼上多提些任性的要求，我會盡力實現的。」

「咦？任性的要求？」

「是的。由於畢業將至，加上瑪娜小姐立下了許多功績，我便向高層做了爭取，讓您在決定直播內容時可以盡量實現您的願望，高層也同意了。畢竟您迄今為了保護角色的形象，在直播時都得遵守諸多嚴格的規範呢。您就算要當之前的直播內容不存在，倒山傾海地做些搞怪的內容也完全不要緊。都到最後階段了，您就暢所欲言吧。」

「真的嗎？欸——該怎麼辦才好呢？那麼、那麼，我可以提出一些和表演方面有關的要求嗎？」

「當然可以。您要是有想做的事就儘管說吧，之後再說也不要緊喔。雖然我是希望愈早提出愈好啦……」

「糟啦！我興奮起來啦！雖然是沒什麼不滿，但我們公司一直都有過度保護的傾向呢！」

「呵呵，我雖然盡量找來了與您交情不錯的直播主，但如果您還有想見面的對象，我也會幫忙提出申請的。」

「真的嗎！呃——那麼——」

瑪娜的心中似乎早有一份清單，她接連提出了幾個名字，經紀人則是微笑著筆記下來。

「……我順便問一下，就算是素未謀面的人也可以嗎？」

「沒碰過面的人嗎？我會試著詢問看看。」

「真的嗎？真的可以嗎？」

「是、是的。」

聽到瑪娜反常地多次確認，經紀人不禁露出了不安的神色。瑪娜隨即露出了奸笑。

「那麼，就把傳說級的直播主請來我的頻道吧！」

她就這麼許下了心願——

後記

感謝各位購買《身為VTuber的我因為忘記關台而成了傳說》——簡稱《V傳》的第五集。我是作者七斗七。

在不知不覺間出到第五集了呢。起初，這只是一篇帶有真實V界二創風味的原創小說，如今已經到了二位數集數的折返點了。這都是託了願意閱讀本書的各位的福。

且說，第五集是以三期生作為主軸，不曉得各位看得是否開心？

其中最為顯眼的果然還是光吧。她從嚴肅的話題到喜劇情節都能參上一腳，還因為過於努力而引發了各式各樣的事件呢。

在現實之中，我也經常看到V會因為過度努力而搞壞身體的例子。儘管如此，就像本書提及的理由一般，做這一行的是不可能想休就休的。

身為輕小說作家而非直播主的我雖然沒什麼發話的立場，但作為支持V的一分子，我還是希望他們能過得幸福。

關於下一集會如同以往，在以喜劇情節為主的同時，讓重點著重於第五集登場的星乃瑪娜

——以及一直刻意不去提及、像是在埋伏筆一般的淡雪家隱情。

第六集的情節在網路上也博得了相當大的人氣，其中也包括了可謂集前段故事之大成的章節。待第六集上市後，又得請各位多多指教了。

最後，我衷心感謝為這第五集增光添彩的各位工作人員，以及支持我的讀者們，就讓後記到此作結吧。

感謝大家持續支持第五集！讓我們在第六集再見吧。

身為VTuber的我
因為忘記關台而成了傳說

國家圖書館出版品預行編目資料

身為 VTuber 的我因為忘記關台而成了傳說 / 七斗七作 ; 蔚山譯 . -- 初版 . -- 臺北市 : 臺灣角川股份有限公司 , 2023.09-
冊 ; 公分
譯自 : VTuber なんだが配信切り忘れたら伝説になってた
ISBN 978-626-352-902-1(第 5 冊 : 平裝)

861.57 112011243

Kadokawa
Fantastic
Novels

身為VTuber的我因為忘記關台而成了傳說 5

（原著名：VTuberなんだが配信切り忘れたら伝説になってた 5）

2023年9月25日　初版第1刷發行

作　者：七斗七
插　畫：塩かずのこ
譯　者：蔚山
發 行 人：岩崎剛人
總 編 輯：蔡佩芬
編　輯：邱瓈萱
美術設計：李思穎
印　務：李明修（主任）、張加恩（主任）、張凱琪
發 行 所：台灣角川股份有限公司
地　址：104台北市中山區松江路223號3樓
電　話：（02）2515-3000
傳　真：（02）2515-0033
網　址：www.kadokawa.com.tw
劃撥帳戶：台灣角川股份有限公司
劃撥帳號：19487412
法律顧問：有澤法律事務所
製　版：巨茂科技印刷有限公司
ISBN：978-626-352-902-1